安妮·普鲁文集

Annie Proulx

恶土

[美] 安妮·普鲁 著
裒因 译

著作权合同登记号　图字　01-2019-1257

BAD DIRT
by Annie Proulx

Copyright © 2004 by Dead Line, Ltd.
Published by arrangement with Dead Line, Ltd. c/o
Darhansoff & Verrill Literary Agents
through Bardon-Chinese Media Agency
Simplified Chinese translation copyright © 2020
by People's Literature Publishing House Co., Ltd.
ALL RIGHTS RESERVED

图书在版编目（CIP）数据

恶土/（美）安妮·普鲁著；裘因译．—北京：人民文学出版社，2020
（安妮·普鲁文集）
ISBN 978-7-02-015972-7

Ⅰ.①恶… Ⅱ.①安…②裘… Ⅲ.①短篇小说—小说集—美国—现代 Ⅳ.①I712.45

中国版本图书馆CIP数据核字（2020）第032211号

责任编辑　翟　灿
美术编辑　李思安
责任印制　王重艺

出版发行　人民文学出版社
社　　址　北京市朝内大街166号
邮政编码　100705
网　　址　http://www.rw-cn.com

印　　刷　三河市鑫金马印装有限公司
经　　销　全国新华书店等

字　　数　161千字
开　　本　850毫米×1168毫米　1/32
印　　张　9　插页1
印　　数　1—8000
版　　次　2020年11月北京第1版
印　　次　2020年11月第1次印刷

书　　号　978-7-02-015972-7
定　　价　49.00元

如有印装质量问题，请与本社图书销售中心调换。电话：010-65233595

献给玛菲、乔恩、盖尔、吉利思和摩根

目录
Bad Dirt: Wyoming Stories 2

1 · 致谢

1 · 地狱口

19 · 重现印第安战争

61 · 杯中物之效应

75 · 耶稣会选哪种家具

111 · 古老的獾的游戏

119 · 从树林中爬出来的人

161 · 竞赛

181 · 沃姆萨特的狼

227 · 用热澡盆的夏天

239 · 倒垃圾

263 · 佛罗里达的租赁业

致　谢

　　感谢怀俄明大学美国遗产中心助理档案保管员安妮·M.古佐帮助提供了有关野牛比尔遗失的电影《重现印第安战争》的资料；科迪的野牛比尔历史中心麦克拉肯研究图书馆管理员弗朗西丝·B.克莱默；对这个主题感兴趣的圣菲的画家大卫·布雷德利；洛杉矶的电影人琳达·戈尔茨坦－诺尔顿和唐·诺尔顿。怀俄明渔猎处的罗恩·洛克伍德在有关该处的一些野外工作以及法律、逮捕的程序、对野生动物的捕猎和野生动物的信息方面提供了极大的帮助。许多牧场主、牧场工人、自然资源保护者、考古学家和旅游者也提供了帮助，而怀俄明大学图书馆一直是有用资料的宝贵收藏地。

他们说这是人们可以生活的美妙的世界，但是我觉得我从未真正生活在一个美妙的世界里。

——查利·斯塔克韦瑟① 1958 年的自白

---

① 查利·斯塔克韦瑟（1938—1959），他于 1957 年 12 月至 1958 年 1 月间在内布拉斯加州和怀俄明州谋杀了十一个人。

地 狱 口

十一月的一天，在临近傍晚的暮色中，怀俄明渔猎处的巡视员克里尔·兹门德津斯基正行走在平奇巴特的排水渠旁。最后的几抹夕阳像火光一样扫过他那长满红色胡须的脸庞。那里的地势很陡，在长满连绵的黑松的斜坡下面，就是一片蒿属植物和几座遍地芳草的牧场。冬天麋鹿向东南方向迁移时喜欢到这里来。在视线清楚的时候，他偶尔能看见远处洼地中他停放在砾石停车处的卡车和拉马的拖车在微微地闪光。他骑得很慢，一边还唱着那伟大的乔·鲍勃的歌曲，他是"……守卫区的骄傲，当年的英雄"①。一个没有狩猎许可证的作恶者走在他前面。克里尔碰上他时，他正在掩埋一只雌麋鹿的内脏。这个人的

---

① 特里·艾伦：《伟大的乔·鲍勃（一部地区性悲剧）》，收录在《有关卢博克的一切》专辑中，绿鞋出版，BMI，1978年。——原书注

全地形汽车里装着麋鹿的后腿。死鹿的剩余躯体就扔在那里任其腐烂。

"这是禁猎的保护区。"克里尔说,"让我看一下你的狩猎许可证。"

这位肤色黝红的长者拍打着他猎装的许多口袋。这件猎装是新的,价格标签还挂在后衣摆上。正是这张标签在树林中的晃动吸引了克里尔的眼球。这时,那个人拿出了他的皮夹子,寻找着。

克里尔·兹门德津斯基等待着,留神倾听他并不希望听到的声音。

找了好一会儿,那个人递给克里尔一张长方形的卡片。那是一张名片。上面除了电话号码和一张缩小了很多的加尔都西天主教堂的图片以外,还有一些字:

尊敬的杰福德·J.佩克牧师
波斯教会

"波斯在哪里?"克里尔问,他想到了伊朗,因为他不熟悉区号323。他觉得他听到了远处那令人害怕的声音。

"波——西——呃,加利福尼亚。"教士说,大声地、努力地用鼻音修正着他的发音。

"那是你的教堂?"克里尔研究着那张图片,问道。是的,在牧场深处的柳树丛中,他听到了一只失去母亲的小麋鹿的悲号。

"很像。"

"不过，它远不是一张狩猎许可证。"他的声音变得很冷酷。那牧师不知道，在怀俄明五十三个狩猎巡视员中，他遇到的是一个最恨杀雌麋鹿的人，那些杀戮者让失去母亲的小鹿在捕食者的世界和严酷的气候中自寻生路。克里尔·兹门德津斯基自己是个孤儿，父母去世后同姑姑和姑父一起住在他们在恩坎普门特的牧场里。但是他逃学，结交坏朋友，最后私闯民宅，被送进了圣弗朗西斯少年收容所。他心中郁积着对生活不公正的愤怒，充满了自怜，还是一有机会就捣乱。要不是遇见一位年长的渔猎处巡视员奥里翁·霍恩克雷科，他从圣弗朗西斯毕业后会给送去罗林斯州教养所。

奥里翁·霍恩克雷科巡视员曾拥有非常幸福的少年时光。他和三个哥哥是在横跨大陆的斯内克河的布法罗支流旁的农村里长大的。在二十世纪三十年代和四十年代，他们在贝尔吐思和布法罗的高原上野营、骑马、打猎。二战以后，他的那些幸存的哥哥们接管了家庭牧场，奥里翁成了霍恩克雷科家第一个到拉腊米上大学的人。他毕业时拿到了生物学的学位，一周后，进了渔猎处，就一直在那里工作。

他们相遇时，奥里翁快六十岁了，而克里尔·兹门德津斯基才十四岁。奥里翁正在沿着法院大楼的楼梯往上爬，而克里尔正在两个青年教官的陪同下慢慢地往下走，一脸苦相。当他们走到并肩的时候，克里尔朝巡视员的脚踝踢了一脚，得意地笑了一下。同他在一起的两个人猛地拉了他一下，弄得他双脚离地，随手把他推进了一辆旧面包车，车皮上写着圣弗朗西斯少年收容所的字样。

"那个讨厌的孩子是谁？"奥里翁问那个正在楼梯顶上呼吸新鲜空气的副治安官。

"是圣弗朗西斯那伙人中的一个。他们那里收容了一帮糟糕的小坏蛋。"

半个小时以后，奥里翁推说他的偷猎者"不接受传讯"，开车到农村去找圣弗朗西斯少年收容所。那是位于草原上的一栋孤零零的阴暗的石头建筑物。他能看见一个简陋的棒球场以及外屋附近的一个歪斜的篮球筐，上面没有网，屋子的门上挂着**洗衣房**的牌子。没有畜栏，没有牲畜饲养场，没有谷仓，没有花园，看不见山坡。

"天哪，这些孩子在这儿能干些什么？一定无聊死了。"他自言自语着，畅通无阻地围着这栋建筑物转了一圈，回到卡车上，离开了。

回到办公室，他打了个电话给收容所的所长，谈了很久。过了两个星期六，奥里翁·霍恩克雷科穿着红衬衫制服，坐在一张折叠椅上，同十一个年龄为十四到十七岁的烦躁不安的少年一起待在一间寒冷的房间里，其中一个就是克里尔·兹门德津斯基。

"我知道，孩子们。"他就像是在对一些不受约束的马儿说话一样，

"你们中的大多数人觉得生活对你们不公平,让你们失去了父母和家庭。但是你们知道吗?成千上万的孩子都碰到过这种情况,但他们成长得很好。他们变得很体面。他们给世界留下了深刻的印象。我来这里,是因为我要告诉你们,你们不是你们想象中那样的孤儿。你们出生在奇妙的荒野中,而且我觉得,如果你们把你们的家乡怀俄明和它的野生动物当成你们的父母,你们会很开心的。我会设法把你们介绍给你们的新的家人。我们会去山上远足,每个人都要做好自己的工作,否则他就不能参加下一次的远足。"

"你是说,一群鹿会像我们的母亲和父亲?"说话的那个孩子长着一张南瓜脸和一头毛茸茸的桃色短发。

"嗯,可以这么说。你们能从鹿身上学到很多。"

"鸟可以吗?我要一只老鹰当我的爸爸。"克罗斯曼说,他想出了这么一个主意。

"最好给你一只臭鼬。"克里尔说。不过,他们突然各自开始说出他们想要做亲人的动物的名称。

一个看上去有印第安血统的消瘦的孩子说:"我们能骑马吗?"

"哈哈!你叫什么?拉蒙?说到点子上了。你知道,以前你可以擦一下魔术灯,一个精灵就会从喷口中伸出头来,你会说,'给我拉两匹好马来。'但是现在精灵灯基本上都没有了。我得去找马,它们很可能不是世界上最好的马，但我同意你的看法，马是必需的，哪怕是骡子也行。我会找到的。"

他给他们每个人一张州地图，谈论着大霍恩山脉，桑莱特盆地，他自己年轻时待过的布法罗高原，温德河山脉，托沃戈蒂山口，羊山，麋鹿山，梅迪辛博山脉。他讲述着叉角羚，美洲狮，大麋鹿，獾和草原犬鼠，雕和鹰，还有草地鹨。他说，黄石公园大部分地区都在怀俄明，他们当然会去那里。他给每个人发了一份野外指南和一本《怀俄明的哺乳动物》。

傍晚，所长来敲门，不假思索地对孩子们说："好了，对霍恩克雷科巡视员说，'谢谢你，再见。'你们该去做强制性锻炼了。斯旺姆斯特先生在体育馆等着呢。好了，快走！"

克里尔用肘捅了一下克罗斯曼的肋骨，低声说道："他不知道他是在同麋鹿王的儿子说话。"

"是的，还有金鹰的儿子。"

"后面的人闭嘴，开路。"所长对奥里翁·霍恩克雷科说，"我觉得对这群人你帮不了什么忙。他们是很顽固的。"

"我可以打赌，他们还是些捣乱分子。"霍恩克雷科轻声地说。

那天晚上睡觉时，把地图和《怀俄明的哺乳动物》一书放在枕头下面的，不是只有克里尔·兹门德津斯基一个人，他也不是圣弗朗西斯唯一去从事野生动物保护职业的人。

"什么？狩猎许可证！你知道，作为一名神职人员，我经常能得到当地渔猎巡视员善意的首肯。"那位尊敬的杰福德·J.佩克牧师用鼻塞的声音吼着。

"那一定是在加利福尼亚。先生，你现在是在怀俄明，情况不一样。就沿着我前面的那条小路走。我要给你开一张偷猎的罚单。"克里尔·兹门德津斯基觉得很难对这个人客气。

佩克牧师先是愤怒地抗议了十分钟，后是哭泣地请求允许他把他的全地形汽车开到山下去，因为他健康状况不佳，但克里尔·兹门德津斯基毫不通融。

"健康状况怎么了？我觉得你很健康。"

"什么！你又不是医生，对吗？"那人尖叫起来，"我有心脏病！腿也不好！我有肾炎！"

克里尔·兹门德津斯基等着，尊敬的佩克牧师终于拔腿走了，但每隔五分钟左右就会回过头来，用许多生动的言辞对克里尔·兹门德津斯基进行说教。克里尔发现，他的那条坏腿老是在变，一会儿是左腿，一会儿是右腿。老是假装瘸腿无疑是很累的。于是克里尔不时地向前赶着点儿他那匹名叫钝刀的深褐色骟马，好让它推一下尊敬的牧师。

当他们离开那片草地时,那只小鹿的嘶叫声显得更响、更凄凉了。兹门德津斯基喃喃地说:"希望你能活下去,小家伙。"尽管他知道,那只小鹿是没有机会了。当他们往下走了一半的时候,克里尔突然叫停了。

"往回走。"他说。

"什么?"但是这家伙相当利索地沿着小路往上走了,毫无疑问,他以为他们是回去找他的全地形汽车。这时,巡视员坚持要他背着麋鹿的一条腿上路,还把那全地形汽车甩在后面。这消息让他很沮丧。

"什么?我干不了!那该死的鹿肉的重量有一百五十磅呢。"

"我来帮你扛上去,波蒂茅斯牧师。"巡视员客气地说。

"佩克!"那个狂怒的传教士尖叫道,"我的名字是佩克!"

"当然。"克里尔说。

他们花了好长的时间才走到路的尽头,因为那个猎人老是靠在树上说,他必须休息。

"好吧,现在回去背另一条鹿腿。"

"什么!你会遭报应的,你这个穿着红衬衫的讨厌而可恶的家伙。我认识一些大人物的。我毫不费力就能拿下你的脑袋。我要他们把你解雇了,我要他们把你的老板也解雇了,而且我一定要让他知道他为什么被解雇。是因为你。"

到了砾石停车处，克里尔允许那个人把第二块肉放到州里的卡车上。那个浑身血迹、脏兮兮的传教士站在停车处尽头附近地势稍低的砾石地带。他刚喘过气来，就开始列举克里尔不应该给他开罚单的理由。这些理由中包括以后肯定会给克里尔带来悲伤和痛苦的良心责备、牧师准备对怀俄明渔猎处提出的法律诉讼，以及牧师的有钱有势的朋友们会让某个红头发的巡视员终生感到痛苦。这个巡视员的祖先无疑同托尔克马达①、比尔·克林顿和教皇有关。克里尔还在继续写着。

"该死的，你听见了吗？你这个白痴巡视员，你会下地狱烧死的！"这个激动的家伙大声喊着，跺着脚，失望而愤怒地跳着。在他周围升起了一团团浓烟似的尘土。

"怎么了？"他说，因为他脚下的碎石陷下去了。这时发出了一种响声，好像有人在将莴苣的顶端撕开。碎石隆了起来，突然开了个口。猎人掉进了一个直径约三英尺的，像一根由喷灯加热过的巨大管子的火红的管道里。一声尖叫，传教士就消失了。整件事儿的发生过程，还不到五秒钟。

---

① 托尔克马达（1420—1498），西班牙多明我会修士，西班牙第一任宗教总裁判官（1483—1498），任职期间以火刑处死异端分子约两千人。

火热的管道入口处马上就关闭了，那滚动的碎石地看上去从未动过似的，很坚固，只有一块被烟略熏黑的圆形凹地标志着那个致命的入口处。有一股淡淡的硫黄味儿，很像兹门德津斯基在埃尔克图斯活动房里厨房的自来水的味道。那匹马摇晃了一下，但站住了。

"我的天哪。"克里尔对钝刀说，"出了那样的事吗？我们真看见了吗？"他小心翼翼地朝那块圆形的凹地走去。他觉得，他能听见远处轻微的嗞嗞声。他弯下身去，把手就放在几分钟以前佩克牧师站过的碎石上方。石子肯定是烫的。他找了一块二十磅重的岩石，把它扔到那里。那块碎石地似乎动了一下，但没有出现冒火的洞。经过了半个小时的令人费解的考察和深思，他放弃了，在黑夜里回家了。他不知道发生了什么，但是这样却省去了许多文书工作。

一个星期以后，克里尔·兹门德津斯基同两个得克萨斯州的律师和他们的朋友—— 一个加利福尼亚州国内税务署的官员——发生了剧烈的冲突，他们发誓说，今后他们每年都要查克里尔的账目，他子女和子女的子女都会遭到这样的下场。

"这又是一个不结婚的好理由。"

律师们说，他会在防备措施最为严格的监狱里度过艰难的时光。

"我当然不希望待在你们隔壁的牢房里。"他笑眯眯地说。

他们几个人都没有怀俄明的狩猎许可证，不过两个人拿出了得克萨斯的许可证，还说，得克萨斯和怀俄明之间有一个互惠协议，相互承认对方的许可证。克里尔大笑了一声说，他认为，情况并非如此。这些人割下了他们射死的五头雄鹿的头，把尸体扔在灌溉渠里，堵塞了渠道，造成了泛滥。他让他们清理了渠道，挖了一个坑，把沾满苍蝇的尸体埋了，然后把他们赶到平奇布特的停车处。他很小心地把车停在路边。去这个停车处要非常小心。他把他们赶到了最尽头。

"就待在那里。"他指着那块碎石地中的颜色深一些的地方说。

他们毫不在意地、没精打采地朝他指的方向走去。那浅浅的圆形凹地几乎无法辨认，但是他根据佩克牧师迅速消失后他扔下的那块岩石和标志着洞口边缘的颜色深一些的碎石，认出了那地方。他估计，是煤烟熏黑了边缘。他拿出了他的罚单簿，一边在想，怎样才能让他们上下跳动或跺脚。他甚至不知道，这样做行不行。也许，佩克牧师是个孤立的事例。也许，这只适用于堕落的牧师。也许当时是一些宇宙的力量组合在一起了。他装成思考的样子，把笔放在嘴唇上，脑袋歪在一边。

"先生们，我对你们说，如果你们能参与干一件傻事，我这次就放你们走。为了让我个人满意，我先要看到你们表现出可笑的样子，我才能让你们走。我要你们蹦跳一下——就像这样，"说着，他就示范了一下,"这样,我就会大笑,不过,我就不会把你们记录下来了。"

这三个朋友相互看了一眼,做了做鬼脸,意思是说他们遇到了一个疯子。

"我们就逗逗这个人吧。"国内税务署的那个官员说,于是,他就轻轻地蹦了一下,还没有一英寸高。什么也没发生,但克里尔就看到那地方冒出了一股淡淡的煤烟。

"快,使劲儿蹦一下。"他一边说,一边自己高高地跳起,来鼓励他们。

一个律师很优雅地腾空一跳,姿势让克里尔很佩服。不过在这个人落地时,三个人脚下的土地就裂开了,他们一起掉进了那个炽热的深坑。当时,那位国内税务署的官员一只脚站在坑口的外沿,有那么一会儿,他似乎可以逃脱了,但是,那坑道口发出了强大的吸力。克里尔在二十英尺以外都能感觉到这一点,因为他看着那个国内税务署的家伙就像苍蝇掉进吸尘器的管嘴那样,一下子就掉了进去。

所以,他觉得,窍门是要他们跳。这个发现很妙,他毫不犹豫地就把平奇布特停车处的秘密告诉了巡视员的同事们。他把那里叫做地狱口,它省去了许多令人生厌的文书工作,大受欢迎。有时,几辆渔猎处的卡车在路边排队,等待着去那个场地。巡视员们开车好几英里,把歹徒带到那奇妙的洞口。一个违法者坐了三小时车以后,威胁说要告他们进行残酷而不人道的羁押，因为那个巡视员的卡车里面全是醉汉、粪便、垃圾和沙丁鱼三明治的气味。没有记录表明，曾经有人提起这么一件诉讼。他们全都发誓会保密。克里尔甚至没告诉他最亲密的朋友普拉托·巴克卢。

下一个季度，克里尔·兹门德津斯基迈着沉重的脚步，走进他最喜欢的酒吧，埃尔克图斯的皮维酒吧。他坐到后面一张桌子旁，普拉托·巴克卢正坐在那里喝着加啤酒的威士忌，看报上的征求异性朋友的栏目。克里尔叹了口气，挺惹人注目的。普拉托抬起头来。

"你怎么了？今天没有抓到任何坏蛋？"

"抓了很多。开罚单开得我的手都酸了。给我来一杯同样的酒。"他指着普拉托的饮料对阿曼达·格里布说。

"这么说，你的手很酸——这不奇怪，不是吗？"他提问时带有下流的歪曲的口吻。

"这个季度看来都会这样，就是因为那个该死的林务局马戏团①。"

"这又是什么意思？"

"就是说，那该死的林务局马戏团把我最好的惩处办法搞砸了。"

---

① 对林务局的戏称。

于是，他把有关地狱口的所有故事都告诉了他，关于那些排着队要用这地方的巡视员，关于歹徒滑入那硫黄坑时可怕的尖叫声。

"那又怎么了？林务局跟这事儿有什么关系？"普拉托·巴克卢在林务局工作，尽管他经常埋怨他那些固执的、目光短浅的老板，但是他不愿意听一个穿红衬衫的人，哪怕是克里尔，诋毁那个组织。

"我告诉你是怎么回事儿。今天我抓住了一个下流的坏蛋，那个自以为是，在艾恩谬尔的面包房里工作的小人，他杀死了一头雌鹿。然后，他脱了裤子，爬到地上，要同那头雌鹿性交。当时我就站在大约二十英尺以外。"

"天哪！"普拉托喝威士忌时呛了一下，"那是，"他引用起犯罪心理学的课程，"那就像变态兽性恋尸癖！你会给他开什么样的单子？"

"什么也没开，除了他当时是待在只有雄鹿的地区。狩猎法一点儿也没提到变态猎人的恋尸癖之类的事儿。"

"好吧，从好的方面看吧，否则你就要写更多的东西了。至少那不是一只雄鹿——那样的话，就是同性恋的变态兽性恋尸癖。那你怎么办了？"

"我就告诉他把裤子拉上，把他带到那个固定的停车处。不过情况显然不同了。林务局似乎在那里召开过铲土机和反向铲土机的大会。

那里全都开发了,那地方可以停五十辆车,立起了小路起点的漂亮的牌子、标杆,有两个新厕所、垃圾桶、路线图、工事。但是我弄不清那令人高兴的地点在哪里了。我走遍了那地方,用林务局留在土堆上的围栏桩捅着那地块,什么也没有。什么也没有!我让那个家伙站在那里看着我。他一定在想,我是疯了。最后,我不得不给他开了一张常规的罚单。我把此事告诉了其他巡视员,吃午饭时,我们全去了那儿,到处蹦,捅那块碎石地,想找到那可爱极了的地点。根本没有。不见了。"

"似乎很难相信,曾经有过这么个地儿。去年你没说起过这件事。听上去像是一种异常活跃的想象,或者是集体催眠。"

"我但愿你没学过那该死的犯罪心理学课程。这是个秘密。不能告诉任何人。"

"也许是这样?去年秋末,江波·诺德奇接到了一份备忘录,说那个停车处车辆很多。停车有困难。我猜,他可能以为可以将这地方派上多种用途。他很可能觉得车辆是旅行者和当天来回的短途旅客们的。他没想到是渔猎处在那里像烤玉米棒那样烧烤市民。"他朝阿曼达·格里布招了招手。

"阿曼达,有没有一种混合酒,叫魔鬼什么的?"

"我去酒单里查一查。"刚才阿曼达一直在想听他们低声的谈话,可是除了普拉托说得相当响的"兽性恋尸癖"以外,什么也没听见。

地 狱 11　　17

"是的,有一种叫魔鬼的尾巴。它是用伏特加、朗姆酒和杏子白兰地调制的。"

"就是它了。给我们两杯。双份的。向我的朋友克里尔巡视员致敬,去年一年,他都在拉魔鬼的尾巴,今后还要这么干。"

重现印第安战争

上世纪末的一个夏天的日子里，两个身穿工作服的人站在卡斯珀街上，望着一栋新楼。一个人手里拿着一把独角锤。

"我想，这可以让那些奶牛户看看谁在这个镇上赚了大钱。"一个人说。

另一个人微笑了一下，似乎是在掂量自己的话，说道："一两个人，也许。你应该去当律师，弗奇，那我们建造的就是你的大楼了"。

"我宁可要一座牧场。那里才有真正的钱。"

"现在他来了。"拿着锤子的那个人说着，朝那个身穿男式长礼服，迈着内八字的步子，向他们大步走来的高个子点头示意。那个人没有朝他们看，而是看着那栋大楼。

"好的，好的，小伙子们。"盖伊·G.布劳尔斯律师说，"这是卡斯珀的女王，是我们把它造起来的。"

怀俄明在确立了州地位以后的几十年中，每一个城镇至少得有一栋雄伟的建筑物。那些银行、法院、歌剧院、旅馆、火车站和商务楼的建筑材料都是采用当地采石场的石头，做成仿石头的混凝土板，还有些铁制的正面墙体，是根据商品目录订购的。没有多少建筑物保持它们原有的用途，所以，一家手机公司如今不协调地设在一座精巧的歌剧院内办公。而那家装饰华丽的斯威特沃特啤酒厂被一家销赃公司占领了。

拥有铁制正面墙体的布劳尔斯商务楼给人的印象是异常兴旺，周围都是些劣质的、用装饰性墙体建成的木结构建筑物。这座大楼的各种部件——一个漂亮的飞檐、间隔门窗的壁柱、间隔底楼和上面一层楼的印有埃及图案的过梁——都是从圣路易斯用火车运来的。新古典主义的入口处上方有装饰着花环的飞檐，还嵌有彩色玻璃，让正门显得很突出。在一九〇〇年的那个夏日，盖伊·G.布劳尔斯律师拿着他自己的文件到楼上的新办公室去。底楼是一家布店，就在本城第一块平板玻璃后面。里面陈列着一匹匹印花棉布、棉亚麻混纺粗布和装饰品。后面是一家新式的男装精品店，店主艾萨克·弗雷凯特把服装裁剪得适合那些很需要外套的宽肩细腰的牛仔。他还付了额外的房租，在二楼的一个房间里储存帽子盒和一批女帽，就堆放在旧时的证词、遗嘱和诉讼记录旁边。

布劳尔斯的业务既忙，又很讲究。他最有名的顾客是威廉·F.科迪——野牛比尔。布劳尔斯律师同其他法律界小猎犬们一起,帮助这个马戏表演者度过了由于同声名狼藉的《丹佛报》和马戏承办商邦菲尔斯与塔门的业务而陷入的各种破产危机。

在他的大楼造起来的时候,布劳尔斯律师三十三岁。他有着骑手般的长腿,乌黑的头发像猫身上的绒毛那么柔软,那长胡子的黝黑的一片就像一个面罩。他几乎就是个帅哥,只是他左眼皮上的一块红通通的胎记破坏了他的相貌。不过他那明亮的浅绿色的虹膜把人们的注意力从这个瑕疵转移开了。他似乎生来就是当骑手的,可是在人们把马当成交通工具的时代,他对马过敏。哪怕只在敞篷马车里坐十分钟,他的眼睛就会流泪,一阵阵的头痛在眼睛后面弹跳,所以他到任何地方去,都是步行的。如果目的地太远,双腿走不到,他就不去。他是卡斯珀街最早的汽车拥有者之一。

一九一九年,那个年迈的布货商弗雷凯特先生过世了,他的遗体运回东部去了。一家冰淇淋店租了这地方,成了很受人们欢迎的聚会地点。七个月以后,盖伊·G.布劳尔斯本人,在喝了一杯柠檬汽水后回办公室的路上,把几本业务卷宗掉在楼梯上了,在上面绊了一下,滑倒了,撞破了头,昏迷了一个星期后,死于五十三岁。

他的儿子阿奇博尔德·布劳尔斯也是个律师,同他父亲一样,又高又黑,长着同样的蓝色眼睛和生来就是骑马牛仔的帅哥样,只是长着满口坏牙。他搬进了二楼的办公室。他在牙医诊所的椅子上待了很长时间，让他吃了不少苦。

"布劳尔斯先生，"牙医说，"我能给你做一副能咬坚果的好牙，把这些病牙拔掉，等到伤口愈合以后，用上这副新的假牙，你就永远也不会感到牙痛了。而且这副新假牙看上去会很漂亮，不像这些不整齐的坏牙。"

"做吧。"布劳尔斯说。一个月以后，他的那些旧的坏牙就被那些像是从冰川上凿下来的假牙取代了。

阿奇博尔德·布劳尔斯尽管很年轻，但在二十世纪二十年代，他的生意很兴隆。他为卡斯珀北部的一位重要的牧场主当代理，那人有一些政治关系，他那有契约的土地毗连着供紧急状态时使用的海军三号石油储备地，当时那里正出了茶壶山丑闻[①]。那位牧场主约翰·巴克林不止一次地同内务部部长艾伯特·B.福尔吃饭，福尔这个政治动

---

① 茶壶山丑闻是1920至1923年的一桩行贿案。内务部部长艾伯特·B.福尔没有经过招标就将怀俄明茶壶山的海军石油储备地和加州的其他两个地方低价租给了私人石油公司。参议员托马斯·J.沃尔什进行了调查。福尔被判受贿，成了第一个入狱的内阁成员。

物从海军那里夺取了石油储备地的控制权,在一次典型的私下交易中,将它租给了石油商人哈里·辛克莱。福尔这个人鄙视刚兴起的自然资源保护运动,喜欢全力开采资源,为未来定调。大笔的金钱转手,让巴克林担心会被扫入政府调查的簸箕里面。那积累起来的法律文件堆满了布劳尔斯的办公室。但是,他冷冰冰地微笑着说,这是一股邪风,不会给任何人带来好处。茶壶山丑闻是他职业生涯的一个转折点。在福尔进监狱以后,年轻的布劳尔斯律师的兴趣从契约、遗嘱等小业务转为代理木材和石油利益集团、铁路、解决灌溉权和奇妙而含糊不清的矿山租赁法。

他增加了储藏空间,把他父亲的文件和书籍堆在一个很深的壁橱后面。他加上了自己的废弃的法律文件,那些箱子堆得越来越高。

在整个大萧条年代,他都在赚钱。纳特罗纳县的其他人也富了起来。美国其他地区都在为沙尘暴和排队领取救济面包而受苦,卡斯珀却在享受着大量的石油利润。这引发了建楼热潮。布劳尔斯商务楼已不再是城里最重要的大楼了。

一九三九年,阿奇博尔德·布劳尔斯在卡斯珀北面买了一座牧场,那是巴克林以前的产业,布劳尔斯曾在茶壶山丑闻中给他当过顾问。现在阿奇博尔德·布劳尔斯开始在周末过起了高贵的牧场主生活。他很喜欢用纯种马来改进他的马群。那牧场大部处于风蚀土脊和盆状洼地，常年的西风将山脊都吹平了。牧场就处于巨大的风廊的北部边缘。那巨风从红沙漠吹到内布拉斯加州的边界，吹遍了整个州。布劳尔斯的妻子凯特是一个金发白肤女郎，长着一张杂志上的脸和一对蜥蜴似的褐色眼睛。夫妻俩常常招待重要的政客和牧场主，他们举办的新年盛会和七月四日的牧场烧烤活动是怀俄明上流社会的大事。尽管如此，他们的生活是悲剧性的。布劳尔斯曾经想要和儿子们一起建立一个牧场王国，但是他的大儿子维维安在二战中被杀死了。二儿子贝斯福德，可以说是个酒徒，他把他的福特车开进了致命的洼地，孤零零地死在三齿蒿丛中。后来，凯特诉请离婚，搬到丹佛，改嫁给了一个足疗师。三儿子塞奇，一九五九年毕业于波士顿大学法学院，加入了父亲的行业。他总是身着西装，不像他父亲那样总是穿着靴子、哔叽裤子和有许多口袋的马甲。

"在这个机构里，总要有个人看上去像个律师。"塞奇开玩笑说。

阿奇博尔德抬起一边眉毛，露出了他那冰冷的牙齿。"即使到了你这个年纪，你还不懂吗？是牧场的利益操纵着这个州。他们来找我们，是因为他们认识到，"这时，他用一只拇指钩住马甲的袖孔，那总是叼在嘴边的香烟将烟灰掉在马甲的前襟上，"我们了解他们的问题。"他整了整他的斯泰森毡帽，像一个得克萨斯州的县治安官那样。他在办公室总是戴着这顶帽子。

一些委托人将挂在前厅镜框里的盖伊·G.布劳尔斯同阿奇博尔德·布劳尔斯和塞奇两个活生生的例子相比,发现布劳尔斯家的男人是多么相像。他们的腿都是修长的,浓浓的黑胡子刚刮掉就长出来了,个子高得都进不了门。一九六二年,阿奇博尔德·布劳尔斯最后死于肺癌。在那年,闪电毁掉了茶壶山这个短而粗的石油喷口,他的辛克莱股票和他在卡斯珀北面盛产石油的盐湾地区的土地已经让他发了大财。他的儿子塞奇继承了牧场、律师事务所和钱财。

塞奇·布劳尔斯过了一段声名狼藉的放荡生活以后,娶了惠特兰特地区比他小十五岁的乔治娜·克劳肖。她的爷爷韦尔·克劳肖曾经是整个西部都闻名的相马高手。一九一〇年,克劳肖曾在纽约用极其低廉的价格买了几十匹很好的纯种马,因为当年那个州采取了反对赛马的措施,促使纯种马的市场崩溃了。他把那些马运到怀俄明,与他的那些马球运动的马交配。他的子女们继续着这行业,于是,克劳肖家的马就出现在世界各地的马球场上。

乔治娜是在家里的牧场上长大的,同塞奇的母亲一样金发白肤,只是身材瘦小,却很健壮,体格像一个棒小伙子。她长着一双结实的大手,老是啃大拇指的指甲。是她让塞奇接触了马球和纵横填字游戏。

他们没有孩子,也许这就是塞奇的兴趣和性格僵化的原因。童年时期,他曾经有一个好奇的头脑,曾用一块黑色的丝绒去接雪片,想知道在夏天黄色山顶的云彩里有多少黑松花粉粒，也做数学难题。但是，乔治娜让他喜欢上了马球，之后的几年里，他很少想其他事。填字游戏对他来说，太麻烦了。

塞奇·布劳尔斯像许多喜欢马的人一样，让爱好变成了嗜好。他喜欢这项运动，喜欢疾驰、危险、马球手的运动技能、积极地将对方挤出球行线的进攻、大口地喘气、灰尘和踩踏过的青草的气味，他甚至喜欢看那些观众，那些人像寻找硬币的寻宝人那样低着头在赛局间放回削起的草皮。在怀俄明，马球不仅仅是有钱人的运动，也是牧场工人和劳动人民的爱好。个人的骑马技能比钱更有价值，但是，就像塞奇有时说的那样，你二者皆有，并没有坏处。他止步于六分钟，而乔治娜是极其熟练的女骑手，能打七分钟。

塞奇的委托人已经习惯于看他们律师的一个动作：突然转身，把右手贴着左脚跟一起着地。他早晨起床时还要做其他一些下一代人认为是瑜伽的柔性运动。布劳尔斯夫妇叫人建造了一个马球场，供他们练习高难度的击球法。他们的家里挂满了照片——塞奇在左边的正手击球、右侧的颈下击球、汗流满面又扬扬得意地同他的球队一起拍照，还有一张是乔治娜手举怀俄明杯骑在一匹名叫快步的马背上。一年又一年过去了，塞奇渐渐地疏忽了他的律师工作，因为这工作妨碍他参加马球赛。时间和金钱都花在马身上了。他们在谢里登造了第二栋楼，为的是能离大霍恩马球俱乐部近些。一九九四年六月的最后一天，塞奇骑着一匹名叫冷空气的马，到奥马哈去参加老年比赛。这是他正在试骑的一匹新马。一个观众的孩子，因急着过七月四号的国庆节，放了被禁止的瓶装的火箭式烟火，伤到了马的腹部。这时，塞奇·布劳尔斯已经六十出头，不再轻巧和灵活了。虽然他经常锻炼，但他的髋关节和肩关节都有关节炎。早几年的话，他可能会平安地跳出去，现在可不行了。那受惊的马后腿直立地往后摔倒，压在骑手身上。两天以后他死了，就是这么回事。布劳尔斯一家人就像恐龙一样，从怀俄明消失了。

乔治娜又伤心，又内疚，把大多数马都卖了，把塞奇和她自己的鞍辔和球棍送给了马球俱乐部，并发誓要离开这种运动。她队里的头号运动员德克尔·梅尔打来了电话。德克尔的脸长得像箭头，眼睛是很浅很浅的浅蓝色，看上去像是从里向外翻的，嘴唇上长着一抹稀稀拉拉的胡子。他是一个品牌检查员，特别喜欢马。

"我听说你把你的马具送给了俱乐部,我真的百感交集。千真万确，乔治娜，别这么做，别把一切都扔了。你的朋友，你的家人，你的生命都是同马球连在一起的。"

"这种运动没有给我带来任何好处。"她能想象出他朝电话上吐唾沫的样子，那褪色的眼睛中的黑眼珠就像两个惊叹号。

"乔治娜，想想过去的历史吧。这比球队和比赛更重要，比打球更重要，而你是个了不起的运动员。"

"我开始觉得我年纪大了，德克。塞奇即使行动僵硬了，也不肯罢手。你看，他得到了什么？"

"好吧，我能理解。但是别忘了，你家几代人都是同马球联系在一起的——他们认识蒙克里夫一家、沃洛普一家，你的曾祖父不是同加勒廷家有婚姻关系吗？我是说，其中有历史渊源，你有责任。"

"是啊，不过……"

"在西方马球界，克劳肖是一个伟大的家族。我个人是不会让你走的。我们需要你，我们需要让克劳肖的名字活生生地留在马球界。"

他们一起吃了顿午餐，乔治娜说，她虽然不再打球了，但她可以成为一个积极的观众，做个记录员，延续当地的马球历史。这种联系还会继续下去。

"你可以当裁判员的，乔治娜。"

"你这么认为吗？我觉得，那是不可能的。"她说，"我从来没听说过有女裁判员。"

"凡事都有第一次。"他说，"或者，你可以当计时员。"这倒有可能。她可以当计时员。

然后，她突然改嫁了。她令人吃惊地选择了牧场的工头，那个比她小很多的查利·帕罗特。就如他所说,他有部分奥格拉拉苏族的血统,不过她觉得,他有墨西哥人和其他什么血统,不过,那又怎么样呢?帕罗特有匀称而结实的身材,像甜瓜一样的臀部,一头长长的黑发,一对黑眼睛在金丝边眼镜后面闪闪发光。他那忧伤的大脸庞和青蛙似的嘴巴同他的身材并不相称,但是那低沉的嗓音把一切都融合在一起了。他是在塞奇逝世之前几个星期才被雇用的。查利不怎么喜欢马球,但是马喜欢他那安静而缓慢的动作、他的沉默、他的慈爱。这种感情并不外露,但能感受得到。乔治娜喜欢他也是出于同样的一些理由。如果塞奇当时知道他对马球缺乏兴趣,会让他走的。但是乔治娜不在乎。

"不管怎么说,我不一定要打马球才能管理马场。"查利·帕罗特说,"你们是雇埃尔温来干这活的。"埃尔温·盖恩斯是个中年人,满脸长着明显的雀斑。他是个说话温柔的训练员,娶了布劳尔斯家的厨子多琳·盖恩斯。他们的儿子普雷斯在当马夫,清洗鞍辔,打扫马舍。乔治娜说,她宁愿剃光头,也不能失去盖恩斯家的任何一个人。

乔治娜觉得,查利·帕罗特魅力十足。在最近的几年,她同塞奇之间没有很多性生活,但是查利一旦性交起来,就无法满足,她发现自己会狂热到放荡而粗野的程度。

"瞧瞧这里。"她会说着,掀起她的睡衣。

"把那讨厌的东西脱掉。"说着,他就像一根工字钢一样扑到她身上。

他以前结过两次婚,第一次娶的女人现在住在内华达,他同她还生了一个女儿,叫林妮。据他说,第二个妻子是个加利福尼亚的警察,他们吵了五个月就分手了。事情就结束了。他用缓慢而随意的语调谈起了他女儿林妮的经历;她二十刚出头,显然是一个纯粹的内华达泼妇,已经意外怀孕过两次了。查利·帕罗特告诉他的寡妇新娘,林妮要过来同他们一起住。一抹厌恶的表情掠过她的脸。她很快用愉快的微笑把它遮掩过去了。

"家里再有个女人也不错。"她说,不过口气中带了点酸味,好像在说,响尾蛇再多点也没关系。查利·帕罗特没有上当。他让女儿处事低调点。这个姑娘的名字是从婴儿命名册上选的,早些时候,这本书反映了曾在短时间内流行的一种习俗:用昂贵的结婚礼物给女孩子起名——利宁①,西尔弗②,克里斯特尔③,艾弗里④。

① 利宁(Linen),英文是"亚麻布"的意思。
② 西尔弗(Silver),英文是"银子"的意思。
③ 克里斯特尔(Crystal),英文是"水晶"的意思。
④ 艾弗里(Ivory),英文是"象牙"的意思。

当乔治娜把这个新的进展告诉已成为她密友的德克尔·梅尔时，梅尔说，她很可能会遇到新的麻烦。

"你知道，乔治娜，我倒但愿你没有嫁给他。你应该找一个马球界的人。我猜想，查利对马球没有多少感情。"

"是的。"她大笑了一声，暗示她丈夫非常喜爱另一种未说明的运动，"不过你已经结婚了，德克尔，所以我只能选查利了。"两人都大笑了起来。

八月的一个周末，林妮开着一辆消音器不怎么管用的路虎车来了，那辆车上曾经画有老虎身上的条纹，现在褪色了，成了淡淡的曲线。她穿着一件短而露的绿色三角背心和乔治娜见过的最短的裙子。她是一个高大而好看的姑娘，胸部丰满，富有曲线美，满是灰尘的黑头发（除了一排染成金黄色的刘海以外）全扎成了一根马尾辫，在她奔跑时会在她的肩胛骨之间来回拍打她。乔治娜觉得她完全是一个印第安人，比查利更像。她脸部的一切足够供两张脸使用的：高高的额头，长长的下巴，宽宽的颧骨，肥墩墩的脸颊像汽车座上的弹性头垫，鼻子像犁铧。她的眼睛是黑的，有两个杏子那么大，她那长长的牙齿非常完美。乔治娜看到她的眼睛有点儿缺陷，左眼有点斜，这让她的面貌显得古怪，仿佛她会突然尖叫，并扑向某个人。她费劲儿地从路虎车上扛出两个行李袋。

乔治娜和林妮像男人一样握了握手，相互打量着，似乎在找发力点。

林妮说："我当然很感激你能让我来这儿。我的计划是找一个工作，然后在城里弄一套公寓什么的。我不想妨碍你和我爸。"她用荷绿色的指甲挠了挠大腿。

"这听上去像个好计划，林妮。我很愿意帮忙，只要我做得到。找工作的事儿可能会有点困难。怀俄明不是找工作的好地方。你以前一直干什么工作？"

"大部分时间我是在学校里，在加利福尼亚的一个电影学校里干了一阵。在他们放映了那个讨厌的爱迪生的老电影《用电刑处死一头象》以后，我就再也不能忍受了。然后我在里诺的一个赌场工作。"

"大象的事儿的确令人不愉快。可是怎么去了里诺？"

"对，我母亲住在里诺。她在一家赌场工作，我就在礼品店里找了个工作。你知道，招待顾客。有人赢了些钱，他们想做的第一件事就是把它花了。而礼品商店里有些确实很贵的东西。这工作是不怎么样。不过报酬很高，这样雇员们才不会想去抢劫商店。这就是我买得起路虎的原因。我还干过一些其他的活儿。一般的活儿，比如，让我想想，我干过饭店服务员、酒吧调酒师和礼品店的活儿，还有一个夏天，在这里的瞭望台上为林务局观察火情。这事儿有点头痛，因为美国林务局的那些好色的家伙老是要上去'帮我忙'。"

"嗯嗯。"乔治娜说。她本来想说，任何一个穿着像林妮一样暴露的人总是会遭到一些欲火中烧的男人的骚扰的，但是她把这话咽了回去，走到厨房去同厨子聊天了。

多琳·盖恩斯很瘦，非常担心自己健康状况。自一九七八年以来，她和她的丈夫一直在为布劳尔斯家工作。塞奇死了以后，她留下来了，成了布劳尔斯家和城里互通消息的主要渠道。以前塞奇和乔治娜每年给盖恩斯家的圣诞礼物都是不变的：一张一百美元的钞票和一条马鞍座毯。他们已经拥有二十四条马鞍座毯，大多数毯子上还保留着价格标签，全堆在他们车库里冷藏箱的顶上。塞奇·布劳尔斯在世时，多琳把乔治娜当成敌人，现在查利·帕罗特和他半裸的女儿也进入了对手的阵营。

"爸，"林妮对查利·帕罗特说，"她太老了，生不了孩子了，对吗？"

"谁，乔治娜？我猜是的。我们从来没有谈过这事儿。我猜，她已经过了生育年龄了。看到第一个孩子这么糟糕，我就没想过再要孩子。"他朝她眨眨眼，但是在他的脑海中，就像啤酒中出现泡沫一样，浮现出他已经多年没见的第一任妻子的形象,她那尖削的小脸,眼圈发黑的眼睛。在他的记忆中,那天很冷,他从暖气开得过足的、潮湿的房子里走出来,吸入的空气就像光洁的薄冰片。她周围的阳光闪烁着晶莹的飞雪,那雪片是从空气中出现的,不是从云彩中降落的,因为当时的天空是蓝的。

"我是说,她比你大——好像,她大概有五十岁了——嗯,这座牧场好像挺不错。糟糕的是,它离城里太远了。"那姑娘眯着眼,朝远处看了一眼。她父亲是一个很帅的男人,他的这张性吸引的牌打得很好。她理解这场游戏。

查利·帕罗特听懂了这些话的含义;林妮是在考虑有朝一日继承布劳尔斯家牧场的可能性,不过不想马上直说出来。他自己也曾经有过这样的考虑。他们俩很相像。

"这些日子你妈在干些什么?"

"在干活。她在一家赌场找到了一个整理房间的女服务员的工作。在那家'幸运大王宫'。"

"她还酗酒吗?"

"你觉得呢?否则我怎么会在这里。"

林妮把晚饭时用过的餐具洗好以后,就会发动她的那辆旧路虎车,去卡斯珀。午夜过了很久，她才慢慢地开回来，有时太晚了，她会把车停在大路旁，步行到牧场的屋子里去。那些狗从不朝她吠叫。吃早餐时，她总说，她在找工作，还说，找工作最好的地方不在报纸上，而是在酒吧里。

"你知道，"夜里，乔治娜对查利说，"每天晚上这样去酒吧，最后会以第三个告终。"

"什么第三个？"

"第三次怀孕。"乔治娜说，"其他几次堕胎也是你付的钱吗？"

"是的。你知道，我是她的父亲，是她的一切。她就指望我。"

"这一点我能看得出来。"

"她就是需要一份工作。她一找到工作，很快就会振作起来的。她是一个好女孩儿。"

乔治娜觉得林妮更像一个成熟的年轻荡妇，但是她什么也没说。

"嗨，"查利·帕罗特说，"上这儿来。"他伸手去抱她，他那长满老茧的双手抓住了她的绸子睡衣。

乔治娜一下子就想起了那个年老的塞奇·布劳尔斯老是弯下身去，用右手撑在左脚后面的地板上的样子。

几天以后，乔治娜在中午把林妮抓个正着。那姑娘只穿了一件T

恤衫,一条松垮的、沾着血迹的三角裤,在岛台上弄她的早餐,一盘玉米粉圆饼和豆子,上面浇了大量的辣沙司。乔治娜怀疑,她是想醒酒。多琳正在揉面,不时地瞟林妮一眼。乔治娜挥挥手,让多琳到花园里去,然后,在林妮坐到桌旁时,乔治娜将她瘦削的屁股移到靠近岛台的一只凳子上。她那毛糙的脚后跟从凳子的横档上擦过。

"我给你提个建议。卡斯珀有栋楼是属于布劳尔斯先生的——布劳尔斯商务楼。他们拥有这栋楼已经好多好多年了。现在我得到了一个通知,城里要征用它,把它拆了。他们会付些钱的,但是问题不在这里——他们要它消失。卡斯珀在升级改造。因此,我们有几个星期或一个月可以去清理这楼。昨天我过去看了一下。那房子的结构很糟糕。那里的档案柜里塞满了文件,一箱一箱的文件,几个房间里全是文件箱。这些文件中有些可能很重要。布劳尔斯家族参与过许多事情。我同州档案馆的一些人谈过,他们想知道,那里有些什么。他们很可能会把其中的大部分从我们手中接收过去。但是我不想在对我们手中的资料一无所知的情况下,把它们交出去。所以,我需要有人整理一下那些箱子,找一下有没有乔治·华盛顿之类的人的来信。看看会有些什么,弄一个清单。你想做这个工作吗?"

"报酬是多少?"

她说了个很大的数字,这笔钱足以让林妮在工作结束以后拿上行李去加利福尼亚或凤凰城过她自己的生活。

"我看行。"那姑娘说着,伸出了她那热乎乎的、干燥的手掌。

"今天下午我们就过去,检查一遍,给你配把钥匙。你也许需要换一下你的内衣。"

"我现在进来,行吗?"多琳站在门口,用一种委屈的口吻说道,"我得让面发起来。"

布劳尔斯商务楼衰败而萎靡地矗立在那里,它的地基已经出现了裂缝。楼内很臭。虽然它是在市区,它的味道却像有几只臭鼬爬到了地板下面,死在那儿了。多少年来,由于屋顶漏水越来越厉害,那灰泥时湿时干,也增加了楼里那种令人撇嘴的味道。灰尘、剥落的墙纸、干腐的材料和住在那里的鼠类发出的恶臭,让林妮恶心。

"它比昨天更糟了,"乔治娜说,"如果它还能更糟的话。我们可以打开一些窗户。弄些室内清新剂来。没有电,所以电扇也不能用。"

在楼上,林妮站在窗前大口喘着气,那里终于有一股穿堂风,干燥的热风开始把臭味吹走了。塞奇·布劳尔斯的书桌上还散落着他的破损的文件。在那新鲜的微风吹动下,像毛茸茸的带子一样附在他椅子扶手和椅背上的灰尘也颤动起来了。

"天知道,那些委托人干了些什么。我猜,在他逝世时,没有那么多委托人了。"

林妮走进隔壁一个房间,拉开木质档案柜的抽屉,在使劲拉时,那些卡住的抽屉发出野猫似的尖叫声。她打开了一个壁橱,看到更多装着文件的箱子。这些箱子上,除了左下角有一些小小的罗马数字外,没有任何标签。

"它们好像是有编号的,"林妮说,"IIC 是多少?我讨厌那些古老的罗马数字。他们是怎么做乘除法的?"

"谁知道呢?"乔治娜说,她很早就辍学了,"拉丁文"对她来说意味着提托·普恩特[①]和玛格丽特鸡尾酒。

乔治娜本想留下来,盯着林妮,告诉她做些什么,但是她抑制住了那种控制欲。

"好吧,"她说,"我走了,你干吧。"

那天傍晚,那辆旧路虎车开进来了。查利·帕罗特正在关马具房的门,他仔细地看了女儿一眼。

"你在干些什么鬼事情?"他说,"天哪,看看你的样子。"那姑娘汗流成河,浑身是泥土和灰尘。她那潮湿的头发十分凌乱,手臂上

---

① 提托·普恩特(1923—2000),美国音乐人,被誉为"拉丁音乐之王"。

有割伤的地方，她还打着喷嚏。

"灰尘，"她流着泪说，"在为乔治娜整理老布劳尔斯家的档案。在那该死的楼里，灰尘和老鼠屎，还有沾在地板上的死蛾子和死老鼠，比内华达州的沙子还多。"

"她付钱给你吗？"

"当然了。报酬很高，就是工作很讨厌。"

"她没有对我提起过这件事。"他活动了一下下巴，把眼镜往上推了推，"你手臂上的伤口是怎么回事？好像有一百一十一条呢。"

"都是那些旧档案夹划的。那些夹子都干透了，边上都很锋利。一百一十一是什么意思？"

"过去，老人们把难以驾驭的马的鞍刺上的记号称为'一百一十一'。"他在泥地里划了 /// 来加以说明，"不过，见鬼了，为什么不把吸尘器拿过去清扫一下呢？如果你想这么办，那很简单。"

"没有电，那幢楼是空的。他们准备把它拆了。很快。"

"小姑娘，人们发明了一样东西，叫发电机。明天早上，我去给你装一台发电机。不管怎样，把灰尘吸掉。我们把店里用的吸尘器拿过去，不打乱家里的安排。不管怎么说，那儿的情况怎么样？"

"爸，布劳尔斯家的那些老家伙什么东西都不扔掉。各式各样的，几乎是给世界上每一个人的信、法庭的文件、法律书籍。很难知道从哪里着手清理。盖伊·布劳尔斯先生。什么名字！"

"一些词过去的含义同现在不一样。过去好多人都叫盖伊①。甚至在内华达州也如此。老盖伊·皮奇不是在温尼穆卡有一家加油站吗？人们从来没想过什么，他还生了一火车的孩子。就这样，好了，明天上午我过去。"

不管发生什么事，他们都是共同面对的。

第二天，他们花了一个上午吸尘和清扫。查利·帕罗特吃力地搬了几桶水上楼，泼在地板上，让灰尘飞不起来。又过了一天，林妮才清理到储藏着盖伊·G.布劳尔斯工作生涯的资料的那个壁橱。

乔治娜看见查利把发电机装上卡车，并说他得去城里一趟时，马上就猜到了他的目的。她给德克尔·梅尔打了个电话。

"他把发电机运到城里去了。他肯定是去那栋楼为她打扫灰尘去了。她昨天回来的时候，弄得很脏。"

"这似乎是可以理解的。"德克尔说，"有问题吗？"

---

① 盖伊（Gay），现在英语里的意思是"同性恋者"，而在过去，该词没有这个意思。

"啊，目前还没有问题，但是他根本没对我提起这事儿。你以为他提过了吧。他太宠爱那个女孩了。"

但是那天夜里，在吃晚饭时，查利很随意地说，他去给林妮除尘了，她在翻那些古老的文件，一本正经的样子，让他感到很惊讶。

"她是个好孩子。"他说，父女俩相视一笑。

"你应该告诉我，她在做这个工作。"他很随意地对乔治娜说，后者没有回答，只是愤怒地切着她盘子里的肉。

林妮打开了盖伊·G.布劳尔斯的另一个箱子。她在箱子里面发现了一札信，其中许多信来自一个签名为"比尔"的人，箱子底部有六七盒标着罗马数字的胶卷。她觉得很奇怪，为什么那些死去的老律师这么喜欢罗马数字。她看了几封信，一封是一九一三年十月从"翁第德尼战场"寄来的。她看不清写信人的名字，他的字体很怪，很难看。他称布劳尔斯律师为"盖伊"。

十三天以前，我们离开了芝加哥，为了拍电影来这里重现翁第德尼的战斗。这是科迪上校的一个庞大的计划，他非常希望这样可以清偿他的债务。我对此事有点担心，因为邦菲斯和塔芒先生都在支持此事，电影将由艾萨内——芝加哥电影公司——拍摄和发行，只是在这些合伙关系中上校似乎有点跟不上。我们一定要往好处想。他可以拍其他战斗——萨米特斯普林斯、密辛、夏延的最后一战等等。我们被印第安人、他们的帐篷和鲁滨孙要塞第七骑兵部队的士兵包围了。那些印第安人总是带着一个翻译在这里谈他们应该得到的给养，也就是演出的报酬之类的。天气真冷。

另一封信，笔迹相同：

迈尔斯将军对拍摄的准确性非常较真。他是顾问。他坚持说，当时他指挥的美军部队有一万一千人，许多人都应该出镜。有趣的是，当科迪上校同意以后，就是那三百个军人走了一圈又一圈，直到有一万一千个人出镜为止。摄影机里胶卷都没了！

有一张颜色发黄的剪报，又干又脆，她一碰它，边就卷起来了。她把它放在椅子上，看着一篇标题为《有关印第安人的战争的影片让许多观众处于紧张而诧异的心态中》的狂热影评所遗留下来的部分。

那位评论家写道："那些场面异常真实。简直无法形容。这些东西是我们以后再也看不到的。"那篇评论写啊写啊，让人们想起那飘扬的雪花、机枪的突突声、垂死的印第安人、飘动的浓烟。最后，那位深受感动的记者写道：

> ……我们清醒过来了，知道我们是坐在泰伯歌剧院中，在观看重现北美的印第安人与美国军队之间的最后一次战斗的电影。山坡、平原、行进中的部队、垂死的印第安人、霍奇基斯机关枪的突突声都消失了。取而代之的是剧院的灯光、白色的幕布以及上千人清醒过来才意识到他们看到了电影发明以来拍摄过的最美妙的景象……以前从未拍过，以后可能也拍不出可以与它媲美的东西。

林妮叹了口气，小心翼翼地把那张发脆的纸放进文件夹。她拿起一个胶卷盒。褪色的标签上写着"印第安人的羽毛头饰＃Ⅱ"。又是罗马数字。另一盒是"叛乱／第Ⅰ卷"。"叛乱"有五盒。但叛乱是什么？她只对印第安战争有一点模糊的概念。也许，她得去图书馆。她知道不该去打开任何胶卷盒。

那天晚上，大家在看新闻，当乔治娜离开房间去浴室时，林妮对查利·帕罗特说："今天我发现了一些可能是很有意思的东西。"

"什么东西?"

"几盒电影胶卷。几封野牛比尔①的来信。他似乎在拍一部印第安人同美国军队打仗的电影。我猜那些盒子里的胶卷就是这部电影。"

"是吗?我第一次听说有这么一部电影。"

"早在一九一三年他就拍了。我得去图书馆查证一下,看看我能找到些什么。可能会有些价值。"

"那些信很可能值点钱。上面都说了些什么?"他把电视机的声音关掉了。

"只是一些法律文件,讲债务和付款,还有些信是讲电影的,说他们在一个叫翁第德尼②的地方。这地名真怪。在南达科他吗?"

查利·帕罗特猛地抬起了头:"翁第德尼!天哪,难道说,那个大骗子同翁第德尼有关系?"

"我猜是的。怎么了?不管怎么说,翁第德尼是什么?"

---

① 野牛比尔(Buffalo Bill)是威廉·弗雷德里克·科迪的绰号,他因善于捕捉野牛,并将牛肉供应给修建太平洋大铁路的工人而得名。
② 翁第德尼(Wounded Knee),英文的字面意思是"受伤的膝盖",所以林妮感到奇怪。

此时,乔治娜走进了房间,听到他们的谈话,做了个鬼脸,又把电视机的声音开大了。

"我明天告诉你。说来话长。"

"什么事情说来话长?"乔治娜问。

"印第安人的故事,"查利·帕罗特说,"一个又长又伤心的故事,你听了会恶心的。"

第二天,查利忙着处理隔壁牧场的牛群,那些牛找到了围栏的薄弱处,冲出了一个缺口。当他又脏又累地在暮色中回来时,林妮和乔治娜已经吃过饭,把桌子也收拾好了。不过她们为他在厨房里安排了个地方。

"乔治娜说,要让你的晚饭热着,"多琳说,"可是这样的晚饭不好吃。有点干。"她说着,从烤箱里拿出一盘牛排和一个烤土豆。那土豆摸上去像一只瘪气的足球,只是小了一点。牛排四边都卷了起来,显露出羽毛梗似的网状纹理。

多琳继续说着:"乔治娜去谢里登参加某个马球会议了,说她可能会在那里待一晚。说她会在十点左右打电话给你。"他点了点头。他宁愿她在那里过夜,也不愿她在夜里开车,在这种时候,所有那些凶猛的醉汉都在高速公路上寻找可以袭击的对象。

"不管怎么样,"多琳说,"我走了。"

林妮走了进来,穿着她在酒吧里穿的服装——短裙、短小的靴子和三角背心。

"我不是要给你讲印第安人的事吗?"他说。这是最理想的时候,乔治娜不在家,前面又是漫长的夜晚。

"别麻烦了,"她说,"我去图书馆了,找来了一堆书。"她朝岛台挥了挥手,那里放着几本书。他能看见图书馆的图书编目号码,"我现在要到城里去一个小时。我回来以后就要开始看书了。"

她走了以后,查利看了一眼这些书。最上面的一本是迪伊·布朗的《请把我的心埋在翁第德尼》。"她看起这本书来,不会很轻松的。"他自言自语地说,想起了几年前他自己看这本书时的伤心时光。

十点刚过,他还在同乔治娜通电话,告诉她赶丘米·金家的奶牛的事情,却惊讶地听见那辆旧路虎隆隆地开进来了。

"我听见林妮的卡车声音了,"他说,"还是挂了吧。那明天中午见了?好了,爱你,宝贝。开车小心。"

"你要谈谈吗?"他听见纱门响了一下,就朝林妮喊道。

"是的,不过我想先看一下那些书,了解一下背景。然后我会知道要提些什么问题。好吗?"

"好吧,"他说,"有道理。"不过他感到有点失望。这件事使他浮想联翩，他的思绪就像舌头在探索病牙一样。他想理解那些被征服的老祖宗的那点苦难，想用已经湮灭的过去来衡量一下自己的矛盾心理。

"到时候你告诉我。"

"当然了。"说着，她就抱着书噌噌地上楼了。

第二天早上，她到厨房里去的时候，一脸浮肿，两只眼睛都是红通通的，眯成了一条缝。

"整夜没睡？"

"差不多。"她的声音显得粗暴而冷淡。她倒了一杯咖啡。查利没有再问什么。

差不多过了一个星期，他们才谈起此事。日子一天天过去。林妮去老楼里清理文件和列清单，但是在夜里，她不再去酒吧了，而是待在她的房间里。乔治娜说，这表明她正在安定下来。查利觉得她是在看那些令人悲痛的书。到了星期四，乔治娜说，她得再去一趟谢里登。有一场重要的比赛，一些著名的南美马球手要来，还有一场盛宴。

"我会住在诺拉·拜布尔家。"她说。这是一个牧场主妻子的名字，在所有的马球赛期间，那人都会供应茶点，"现在没有多少人像过去那样，带着野餐篮，在城里放下车后挡板当餐桌的了。你们当中有谁想去看比赛吗？再说，查利，你已经有一年没看一场比赛了。去吧。还有林妮，我敢打赌，你从来也没有看过一场马球比赛吧？"

"唉，我在这里有很多事要干，"查利说，"替我照几张相，给我讲讲好了。"

林妮朝乔治娜摇摇头，上楼去了。

那些胶卷盒排成一排，放在梳妆台上。现在她知道了它们可能展示的许多内容：一个印第安人从马上拖下一个士兵，一些人为的肉搏场面，印第安人用棍子捅两个被俘虏的白人妇女，加特林机枪和霍奇基斯机枪的扫射镜头。到处都有野牛比尔的身影，他朝远处凝视着，在前面骑着马，他那喜欢炫耀的白色山羊胡子，像患白化病的鳝鱼一样在风中扭动。她没有打开任何一只盒子。她也知道，电影中没有什么东西能比得上北美野人的那张静态照片的悲惨的力量，他衣衫褴褛地躺在雪地上，死了，他那冻僵了的长长的胳臂还半举在空中，似乎想挡住子弹。他那圆睁着的呆滞而冰冷的眼睛，永远盯着任何想看他一眼的人。

查利和林妮把餐具冲了一下，排在洗碗机中。查利每次走近这机器，就会想起他母亲在一只旧的灰色搪瓷洗碟盆中用水刷洗破盘子的身影。

"爸，现在我们能谈谈印第安人的事儿了吗？"她在用一块海绵使劲儿地擦着那干净的岛台。

"印第安人的事儿。"他说。

"是的，你一直告诉我，我们是苏族，但我不知道是什么样的苏族，而且你总是说，你是出生在居留地的，但是在哪个居留地？"

"奥格拉拉的苏族部落，我是出生在罗斯伯德附近松岭的瓦齐－阿汗汉。那些人把老红云①的族人赶出波德河地区后，就把他们赶到那里去了。当时，波德河地区是最最古老的地方。红云现在应该去那里看看，全是瓦斯设备和马路。"

"这么说，红云可能是我们的血亲？我是说，我们可能同他有血缘关系，对吗？"

"我们可能有。"

"那我们干吗待在这儿干这些事——同乔治娜在一起？"她朝那洗碗机、厨房桌子上蓝色花瓶中的人造罂粟花挥了挥手，"我们为什么不同我们自己人待在一起？我是不是有表兄弟和祖父母这些人？"

---

① 红云（1822—1907），美国原住民苏族酋长，曾多次参与北美印第安战争，在红云战争中领导印第安人战胜了美国人。

他早知道会出现这些问题的,但是答案还在蓝天中飘着呢。

"林妮,对不起,小姑娘——我已经非印第安人化了。我十四岁就出来在这个广阔的世界上打工。居留地已经对我没有什么意义了。我同他们中的任何人都没有联系了。"但是,即使他这么说了,他仍像一只烧开了水的大水壶,他女儿刚把壶盖掀开。那蒸汽正在往外冲。林妮僵直地站在那儿,心中充满了这一个星期以来她从书中吸入的悲痛和孤立感。

"我可以肯定,你从未去过居留地,对吗?"他说。林妮摇摇头。

"在决定你要住在居留地还是生活在这世界上之前,有更多的事情需要考虑。要记住,居留地不是印第安人发明的。那里是白人为了将印第安人从肥沃的土地上赶走而制造的监狱。林妮,选择居留地是没有好处的。你会把自己锁在一个角落里,走不出来。"

那姑娘脸上露出不耐烦的神情,略撇了下嘴,但是根本不理会他说的一切。

他知道没希望,但是还继续说下去:"我猜,你想要这一切——印第安人的蒸汽浴室、饰有小珠的莫卡辛鞋①,给自己起个好听的印第安名字,找一个性欲旺盛而又帅气的印第安人,过上居留地的生活。

---

① 莫卡辛鞋是北美印第安人穿的通常用鹿皮制的无后跟软皮鞋。

我知道，你脑海中的想象力正以一小时一百万英里的速度在飞翔。你要知道，很久以前我也有过那些相同的感情。我回去了，遇到了你母亲，生下了你，等等。很浪漫。可是现在对我来说，浪漫存在于你找到它的地方，但在居留地，不大可能找到它。"

"你们为什么不给我起一个印第安人的名字？"

"我们给你起了。"他微微一笑，"叫'小臭虫'。"

"爸！去他的，我要自己取个名字。好听一些的。例如'红鹿'或者'绿花'。"

"你把两种文化混在一起了。"

"好了，你的名字是什么？他们不会叫你查利，对吗？"

"是的，他们就是这么叫的。当时他们看清了这世界的状况，所以就给我起名叫查利。我想，你是想让我以'斜眼种马'或'大屌'的名字在世上混吗？"

姑娘的脸涨成了深红色，查利怕她会开始哭泣或大叫。但是她说了一声"你等着"就跑上楼去她的房间了。过了几秒钟，她又回来了，手里拿着份文件。

"你可以开玩笑，"她说，"但我一直在看布劳尔斯先生盒子里所有关于野牛比尔·科迪的材料，那里有他要拍而且拍成的电影的资料，他把这电影叫做《重现印第安战争》。他们上演了几场重要的战役。

电影的大部分是重现翁第德尼的战况。为了这部电影，野牛比尔召集了所有的幸存者，包括印第安人和士兵，并让他们为了拍电影重现一次当时的情景。他自己在里面演一个侦察员。书上说，这是第一部纪录片。枪里装的是没有弹头的子弹，而且只在最后一分钟才发下去，因为有些印第安人要用真正的子弹去打士兵。迈尔斯将军骑着马转悠，命令大家干这干那。一切都很真实并准确，一些参加过实战的人看了几乎昏死过去。"

她深深地叹了口气，满脸通红而真诚地望着他："重要的是，那部电影根本不演了，现在有人愿意出大价钱来买这部影片。哪里都没有它的拷贝。那电影只演出了几场，然后，在一九一七年野牛比尔死了以后，埃森内公司给这部电影另外起了个名字，又开始放映了。没有人给予多少关注,现在失传了。有人说,政府取缔了它，因为它太真实了，演出了美国军队用大号的霍奇基斯机枪炮射击妇女和儿童的丑事。"

"真卑鄙！你在那些小盒子里找到的是这部电影吗？"

"是的,或者说,我是根据盒子上的标签这么想的。要有人看过了，我才能确定。"

"见鬼了，咱们去看看，在什么地方？"

"爸,我们不能这么做，它们存在那些密封的盒子里已经九十年了。一打开那些盒子，胶卷马上就会在你眼前风化了。得把它们交到专门从事胶卷保存的实验室去。要在水下或什么地方打开。"

她哗啦哗啦地挥了挥手中的文件："不管怎么说，布劳尔斯先生的盒子里有一九一四年首映式时的几份评论。有人认为，这是曾经拍摄过的最伟大的电影。许多人写道，以前从未有过这样的电影。但是我发现，有人并不那么喜欢这电影。图书馆的野牛比尔的文件夹中，就有这样的资料。这个昌西·耶洛·罗布①不喜欢野牛比尔的电影。他是个苏人，但没说是从哪里来的。"

她朝前跨了一步，这么一来，那厨房岛台前的空间就成了舞台。她开始朗诵，她的声音越来越深沉，越来越有激情。对于靠在墙上的查利·帕罗特来说，他女儿眯着眼睛，伸着下颌，成了那早已过世的耶洛·罗布，正带着极其轻蔑的神气在说话。他的头发都竖起来了。

"你问，怎样才能解决印第安人的麻烦。我有个建议。让野牛比尔和迈尔斯将军带些士兵到居留地周围去把他们射死。这样就可以解决他的麻烦。让他们认真地去干他们在翁第德尼战场上一直在干的事。在战争发生时都不在场的那两个人，回到了那里，因为一部电影拍摄机而成了英雄。"

---

① 昌西·耶洛·罗布（1867—1930）是美国原住民印第安人教育家、演说家和社会活动家。

她成了那年长的演说家,她的眼睛死盯着查利,她的右手朝前伸着,颤抖着,她那食指的指甲黑得发亮。她继续说下去,声音中充满了耶洛·罗布的蔑视口气。

"你们在笑,但是我的心笑不出来。在战斗人员不在的时候,我们民族的妇女、儿童和老人,我的亲人们,被这个笃信基督教的国家的士兵用机枪屠杀了。那不是一场辉煌的战斗。我觉得,那两个人很高兴,他们当时没有在场;不过,他们想通过电影而成为英雄。很快,在你们的剧院里,你们就可以看到他们的勇敢和他们死里逃生的场景。"

她停住了,低下了脑袋,把下巴垂到胸前。慢慢地,她又变成了林妮。

"嗨,真有点吓人,"她父亲说,"感觉似乎老耶洛·罗布就在这厨房里。"

"至少他说的话在这里。"她用正常的嗓音说。耶洛·罗布回到天上去了。

但是这次朗诵感动了查利·帕罗特。他想知道,他母亲是否还活着。脑海里不由自主地出现了对居留地的回忆,酷热的天气,空中白茫茫一片,空气十分干燥,热浪在旧货车上空翻腾,在其中的一辆车上,一个名叫莫纳的妇女堆放着她的货物。一切都停滞不动,没有狗,没有人，没有一丝风吹动那灰尘和垃圾。他想起那地方可怕的无聊，那种对什么也不期待的无望等待。他耸了下肩。

"我跟你说，乔治娜一回来，我们就去那里，去松岭。我去找一下，看看谁还活着。你可以亲自去看。我们就开你那辆糟糕的路虎车——这辆车在居留地就不错了。"

"什么，今天？"

"当然了。"

"乔治娜会不高兴的，还有许多箱子和文件要看。因为我可能就不回来了。"

"我知道，但是我觉得她肯定能在城里雇个人，某个在度夏末的大学生。这不是世界末日。"

"那些胶卷盒子怎么办？它们好像真的很值钱。找对了人，它们可能值十万美元呢。"

长时间的沉默。

"嗯，按理说，它们是属于乔治娜的。我想，该由你来决定，怎么处置它们。好了，我们就打行李，怎么样？乔治娜回来后，我需要同她谈谈。也许要一个小时。"

"有什么好谈的？我们走就是了。给她留张字条就行了。"

"没有礼貌。我得告诉她，我在干什么，是什么情况。免得她担心。"

"讨厌!"

"林妮,成熟些吧。她对我也很重要。我不打算一句话不说就走了。你可得记住,你现在在看的一切,是发生在很久以前的事,超过一百年了吧。"

"不,爸。对我来说,这事儿就发生在上星期。我过去一点也不知道那事儿。学校里不教的。它让我……"说着,她夸张地捶了一下胸。

"你得自己去把事情弄清楚。大家都是这样的。"他知道,他说什么她都不会听的。她会给卷进去。经过几年热情而积极的活动,她可能会撤出来,最后在城市的人行道上与街上的地头蛇和吸毒者一起终其一生。他走进厨房旁边的储藏室,林妮听见他在搬行李箱。

她终于懂得,她父亲是软弱的,他所有的选择都是被动作出的,因为他随波逐流,等着局势激化,等着别人为他的行动做出决定。她母亲离开了他,走自己的路去了。即使他很聪明,他最后还是去牧场打工了,因为他没有任何野心。她可以肯定,是乔治娜看中了他,他只是随遇而安罢了。她咬了咬指甲,这是童年养成的老习惯。他是个典型的不负责任的、被动的家伙,不是充满反抗精神的"疯马"[1],或"坐

---

[1] "疯马"(1840—1877),美国奥格拉拉苏族印第安人首领,曾率领族众抵抗白人入侵北部大平原,后投降被杀。

牛"①，而是让白人来回推着，自己还觉得是在过着某种体面的生活。而且，她还相信，他不会同乔治娜的钱说再见——这很可能是他真正能拿到钱的最后一次机会，要知道他已经四十几岁了。她看不起他的软弱，但并不责怪他。她会让他把她带到居留地去，把她介绍给亲戚们，然后，他可以回到乔治娜和金钱这边。她自己会弄清其余的一切。

她迅速地打好了行李，清理了衣服，把那些短裙和吊带背心塞进了废纸篓。她不要那些衣服了。她穿上了牛仔裤和一件长得像睡衣那样的超大T恤。她听见乔治娜的车停在外面了，那厨房的门砰的一声响，还有她父亲的低沉的声音。行李袋装满了。她已经准备好了。她听见楼下冰箱的开关声。她猜，查利是在为乔治娜调酒。他自己从来不喝酒。他的声音一会儿大，一会儿小。他在对乔治娜说什么？这个女人永远也无法理解这一切。林妮坐在床边上等着。

过了很长时间，她父亲的声音从楼梯井飘了上来。

"林妮！你准备好了吗？我们开路了。"

她把行李袋拖到楼梯平台上，又把它们踢下了楼梯。

---

① "坐牛"（约1831—1890），苏族印第安人首领，曾领导苏族抵抗白人侵占苏族土地的斗争，参加了小比格霍恩战役和"鬼舞"暴动，在混战中被杀害。

"好了，"她大喊了一声，"太棒了。"

她往下跨了三步，然后又转身冲回卧室。那些胶卷盒还在梳妆台上。开始两盒的盖子很难打开。在第一盒里面，那一卷卷老硝酸胶卷全粘在一起，变成了坚固的一团。第二盒就在她眼前变质了，变成了硝酸粉末。她把一卷胶卷倒在床上。它发出一股臭味，随着胶卷的散开和粉碎，她能看见，由于酸性气体对感光乳剂的侵蚀，每一张底片的中心部分都被烧坏了。

这时，她才拖着行李袋下楼。

"再见。"她朝乔治娜喊了一声，乔治娜面无表情地站在门廊里，凝视着查利。

当他们把车开上大路时，查利说："你是怎么处置那些胶卷的？"

"哦，我把它们留给她了。"

"好姑娘。"他说着，拍了拍她那尚未受伤的膝盖。

杯中物之效应

戴勃·塞普尔经历过两种生活——轻松的和艰苦的。当他是个孩子时,对两个姐姐称王称霸,在牧场里到处奔跑,觉得这座牧场今后会属于自己时,在第一次挑选马匹,从厨子为晚饭准备的"别碰魔鬼的食物"蛋糕上扒下一大块时,他的生活是很轻松的。但是,到了二十五六岁,那轻松的一面消失了。牧场归了埃尔克图斯银行,两个姐姐住在俄勒冈,再也没有剩下什么好马了,还得了对巧克力的过敏症。为了好好地填补这生活的空白,他养成了喝酒的习惯。到了三十岁那个烦人的年纪,他已经结过两次婚。尽管他的脚很小,阴茎很粗,两次婚姻都无法持久。现代女人的标准同她们的祖母不同。两个妻子都把酗酒以及戴勃没有固定收入作为分手的重要因素。他也抽烟,但她们不怎么把它当回事儿。杰妮称他为可怜的烂料,波拉流着又大又圆的泪珠说,她仍然爱着他,但周末就会离开他,去找一个养羊的牧场主。

"什么?你要跟一个邋遢的羊倌跑了?"

"不是羊倌,是牧场主。他拥有一个养羊的牧场。"

"当然了,他有牧场。不过,你既然要走,为什么还要等到周末,马上给我滚出去。"说着,他就帮她打行李,把她的衣服、装化妆品的瓶瓶罐罐、缝纫机和其他女人用的东西都扔到院子里去了。

戴勃唯一的资产是一辆平板卡车。他偶尔拉些货,赚些钱,但大部分钱却都直接流到埃尔克图斯的三家酒吧去了。酒吧服务员阿曼达·格里布把这种情况称之为"怀俄明杯中物之效应"。他会在皮维酒吧欠一大笔债,当阿曼达对他施加压力时,他会转到西尔弗蒂布,皮维那边就见不到他了。当有人开始提到他在西尔弗蒂布的债务时,他就去"马迪的洞穴",并暗示说,他正在找工作。人人都知道,他感兴趣的不是真正的工作,只是干几天活。迟早会有点活干的。当他存够了欠皮维酒吧的钱时,就去把债还了,又开始新的债务。戴勃·塞普尔就这样靠着酒吧的账单和零活,度过了一年又一年。

怀俄明像一夸脱沙子那样,干旱了三年,而埃尔克图斯就处在干旱地区的中心地带。那些坚守着自家的牛羊,期待着雨水的牧场主,就像被抓住的老鼠一样狼狈。每当夏天接近像炉盖那么炎热的尾声时,对那些养奶牛的人来说,最珍贵的商品是干草。而干草的要价可以与红宝石媲美。牧场主花许多小时打电话,并在互联网上搜寻价格合理的干草。哪怕是毫无价值、不切实际的谣言都不会被人放过。一个牧场主如果听说，在萨斯喀彻温①有干草，只要卖方说"没发霉"，她就会去买。

大多数绝望的牧场主都是妇女。在埃尔克图斯有许多女牧场主，有些是男牧场主过世了，牧场由妻子继承了，有些是没有男性继承人的男人的成年女儿，有些前执行总裁扔掉了一切，冲向高地，尽量离杰克逊城近一点。

有个牧场主叫菲斯塔·庞奇。她是个很棒的女骑手，但对雇工很刻薄。她养着一群红奇里奥，这是她祖父培育出来的一种古怪的外来品种的牛，眼睛周围有一圈白色。但是今年夏天，它们的放牧区被啃得像阁楼里的一张全是蛀虫的古老的台球台。出售它们毫无意义。市场过分疲软，只能赔钱出售。而且，她想坚持养这很可能是世上唯一的一群红奇里奥。她必须找到足够的干草，让它们能度过今年的秋天和冬天。为了家族的传承，她得这么做。

稀有的干草造成的双重麻烦是，在她终于找到一些干草时，除了要为这些货物付出更高的代价以外，她还得面对吓人的运输费用。像样一些的干草只生长在遥远的地区，而运草者看到陷入困境的火鸡，是不会放过的。从农夫 X 那里把干草拉到牧场主 Z 那里，干草的价

---

① 萨斯喀彻温，位于加拿大。

格可能会翻倍。菲斯塔·庞奇可能会丧失全部家产。与之相对,戴勃·塞普尔靠着他那辆平板大卡车,几乎能保证自己在皮维酒吧安全而自由地度过几年。

一天晚上,庞奇小姐正趴在她的账本上,一会儿加着数字,一会儿噼噼啪啪地打着指关节。这时,电话铃响了。

"菲斯塔吗?"

"是的。"

"你不认识我,但我是你朋友的朋友。"

"朋友的朋友?"她能听出那里在放西部乡村音乐——德怀特·尤卡姆①凿岩机般的声音,"怎么回事儿?你想聊聊都市传说吗?"

"什么?"

"没什么。我能为你做些什么?我有点忙。"

"我知道你能在哪里弄到一些干草。好干草。"

"在哪里弄得到?陕西省?上沃尔特②地区?"

---

① 德怀特·尤卡姆,美国著名乡村歌手、演员,1956年出生在肯塔基州,在俄亥俄州长大。
② 上沃尔特,位于非洲。

"不,就在威斯康斯顿。我在库克城有个朋友,他的表弟比约恩有干草。那里不那么旱。"

"有两三捆,是吗?"

"错。他有八十捆。都是又大又圆的干草捆。每一捆有一千磅,你得用干草杈才能叉得动它。"

"让我想想,我是不是理解对了。你有个朋友在库克城,蒙大拿州,而他表弟在威斯康星州。"

"嗯,嗯。"

"他要多少钱?"威斯康星州的干草是很贵的。

那个打电话的人说了一个低得可笑的数字,七十美元一吨。那是三年前的干草价格。

"里面一定全是芦苇和蓟草吧?"

"是很好的干草。你可以开车去看一下。不过,你得快点,他不想等。到目前为止,你是唯一知道此事的人。"他把比约恩在威斯康星州迪斯克的电话号码给了她。

"我怎么会是听说有这么好干草的幸运的牧场主呢?"她说,但是,她提出这问题时,电话已经断了。

她飞到拉克罗斯,租了机场剩下的最后一辆车,开到了迪斯克。

比约恩·史密斯四十多岁，身材瘦削，皮肤白皙，圆圆的脑袋，橘黄色的钩形鼻子，让他看上去像只海鸥。他让她看了储存在一个宽敞的、香喷喷的谷仓里的干草。那是头等的苜蓿干草，还很新鲜。她抽出一把看看——茎梗上有很多叶子，柔韧而干净。她注意到，这是在生长初期割下的。没有什么比威斯康星州的苜蓿草更好的了。

"是头茬？"她问。

比约恩点了点头："我本来可以在干草拍卖会上卖得更贵一些的，但是戴勃说你是朋友，而且非常需要干草。我猜想，你们怀俄明干旱得很厉害？"

她噘了噘嘴，苦笑地表示同意，当场就付了钱。她想，这就花了约六千美元。

"我会尽快让戴勃来取走的。"她说着，把卖契折好，放进了她的皮夹。

"越快越好。我要离开这里。"

"不再种地了？"

"是的，要去加州大学洛杉矶分校上电影学院。"

"不是开玩笑吧，是要去学习怎么拍电影吗？"

"一点不错。我有些想法。"

"噢，"菲斯塔·庞奇说，"我们大家都有些*想法*。"然后，又比较客气地说,"我希望你心想事成。"

戴勃·塞普尔正在"马迪的洞穴"里无所事事地喝着第十一杯啤酒,抽着第七支香烟,菲斯塔·庞奇从门口进来,四处张望了一下,仿佛沿着地板上用粉笔画的一根线,朝他直走过来。

"你好,戴勃。你这个习惯真糟糕。除了你以外,人人都戒烟了。不管怎么说,我在威斯康星买了些干草,我要你尽快把它运过来。明天就去。"

"威斯康斯顿!噢哟,那要穿过半个国家呢,那是在密西西比河的另一边。几乎是在纽约州。"

"没那么远。是在迪斯克,刚过艾奥瓦州的边界。我觉得你是知道的,别装傻。"她知道那个打匿名电话的人是谁,"必须快。你的朋友比约恩要走,我需要干草。你去几趟就行了。"

他扮了个鬼脸:"你知道我会用高价来咬你粉红色的屁股的。"

"我来这里就是为了同你讨论此事。"

"一吨,我得要两块五美元。"

"我接受!"她简直无法相信自己的耳朵,她本来以为会听到,每吨要二十或三十美元。

"每一英里。"戴勃·塞普尔说。

菲斯塔·庞奇迅速地计算了一下这笔损失。从这里到威斯康星州的迪斯克差不多九百英里。八十吨乘以二美元五十美分是二百美元一英里，再乘上差不多九百英里是……不行。

"我说这是高速公路上的打劫。这要超过一万八千美元，比这群牛还贵。看来，布奇·卡西迪①的精神未死。"

"菲斯塔，你可以自己开着你的小吨位运货车去呀，每次运一吨回来。或者，你可以租一辆U型拖车。要是你持续不断地干，你不用花几周时间，就可以把它运完了。"

"你知道我不能这么干。我在这里有事。我的那些牛需要照看。告诉你怎么办，我每吨给你五十美元，但没有里程费。这样算下来，差不多四千美元。这笔钱我还付得起，只是有点勉强。你可就像老鼠掉在米缸里了。"

"好——吧，好——吧。"戴勃·塞普尔说，"就算五千。"菲斯塔·庞奇冷漠地点了点头。

有人在自动点唱机里放了钱，德怀特·尤卡姆开始唱了。

第一趟很轻松。戴勃·塞普尔同比约恩一起喝了杯啤酒，两个小时就把卡车装满，拴牢了。那一捆捆的干草摆成两个很大的圆柱体。

---

① 布奇·卡西迪是一个臭名昭著的火车和银行抢劫犯。

回程时，他选了北线，在明尼苏达的艾伯特利停了一下，该城的血腥过去已经褪色了，不过，戴勃·塞普尔毫不费力就找到了"电筒仓"，一家低级酒吧。在那里，他装了些私货，到凌晨四点，他头疼得很厉害。在南达科他，他停车喝了四杯咖啡，吃了一块野牛牛排，抽了一支烟，吃了一块苹果派后，觉得舒服多了，可以上路了。菲斯塔·庞奇让他把干草卸在她大门附近的牧场里。

"等你把第二批干草运来了，我就把全款付给你。"她说，然后，由于他可怜的祈求，她发了善心，先付给他一百美元。

第二趟在各方面都很奇特。他一开始就很倒霉，让一个女人搭了车。这人告诉他，她在佛罗里达同那个连环杀手艾琳·伍奥诺斯[1]一起坐过牢，她把艾琳当成她最好的朋友。他找了个借口，在一个加油站停了车。趁她听他的建议下车去女厕所时，他把车开走了。为了让自己的神经安定下来，他又去了艾伯特利，从而错过了天气预报，没听到在未来的几天中有暴风雨的警报。当他来到比约恩家时，已经过了大半夜了。那个卖干草的人很不高兴，让他在卡车里睡到天明。

他睡到中午才醒。装干草花了四个小时，部分是因为阵风达到了

---

[1] 艾琳·伍奥诺斯是美国臭名昭著的连环杀手，1989至1990年间在佛罗里达射杀了七个男人。

六十,部分是因为戴勃·塞普尔心不在焉。他发现自己在艾伯特利把香烟全抽完了,而当他想要些烟草时,他的主人冷冷地大笑了一声。然后,他发现他忘了带防水帆布。

"真倒霉,要下雨,要弄湿了,对吧?"

在阴暗的天空下,宿醉未醒,烟瘾阵阵,冒着大风,开着一辆装着圆圆的一捆捆干草的大车,不是件有趣的事儿,但戴勃·塞普尔就得这么干。当他再次来到艾伯特利时,已经是夜里了。他很自然地就把车开进了"电筒仓"。他认为这家酒吧仅次于皮维。他简单地考虑了一下搬到明尼苏达。他对那个秀丽的酒吧姑娘(她还记得他的名字)表示抱歉,因为他只喝了四杯啤酒。他解释说,他要赶路,买了三包香烟准备路上抽,就说了声再见。室外,风小一些了,他能依稀地看到头顶上的星星。天气好转了。

但是,啤酒没喝够,让他感到痛苦和不满足。在拉皮德城,他找到了克利珀的克利普小酒馆。那里有他要的一切,从便宜的麻醉剂注射到冒泡的啤酒,到德怀特·尤卡姆的歌曲。过了一阵,两个人把他抬到卡车旁,扔到座位上,让他在那里睡一觉,清醒清醒。可是,他们刚走回去,他就跳到方向盘后面,去找香烟了。一根烟抽完了,当然就得发动车,开走了。过了半小时,他已经驶出了拉皮德城,只是街灯出现了摇摇晃晃的重影,车灯在旋转,他朝西向I-90公路开去。他一开到怀俄明的边界,就感觉好些了,他打开了第三盒烟,又抽了一根,以庆祝自己回到了家乡的州。可是他发现自己已经点燃了一支烟,感到很吃惊,他把抽到一半的烟扔出窗外,继续往前开去。他尽快地离开了州际公路,因为他模糊地知道,这不是同州警察谈话的好时机。等到他转到去萨克镇的路上,离埃尔克图斯只有四十英里的地方,他已经把十四支燃着的香烟扔出了窗外,许多都扔进了干草包里。

戴勃·塞普尔的归来,很像埃尔克图斯的人们曾见过的流星的曳光,他的卡车就像是黑夜中冒烟的大团火光。那些错过了当时情景的人,还得靠那时幸好醒着的几个人的讲述。最生动的描述来自菲斯塔·庞奇。她不仅损失了这批烧掉的货物,连他上次运来的干草也没有了,因为随着他蔓延进城的无数火焰,把她的牧场全烧毁了。戴勃·塞普尔从菲斯塔·庞奇那里讨来的一百美元的钞票全花在汽油和"电筒仓"上了。

"我想,他们是扯平了。"阿曼达·格里布说。

耶稣会选哪种家具

一个旅行者在三齿蒿的海洋上徜徉时，会发现一些孤零零的小海湾上有些用电子门保护着的战利品雕饰屋，或者是荒地、摇摇欲坠的岩层和偏斜的峭壁上歪斜的活动房屋，还有十九世纪以来没有发生过变化的木屋，只是多了个卫星电视接收器。

哈普牧场是大霍恩山脉东部一个小盆地里的八九座大牧场之一。所有这些地盘都是从一八九七年撤离的一家苏格兰大庄园的土地上分割出来的。密苏里的一个电报局职员巴杰尔·沃尔夫斯凯尔在去蒙大拿淘金的路上，到怀俄明的公路牧场上吃了一顿烤鹿肉和咖啡，听说那里的牧场很好。在接下来的一周中，他在周围转了一圈，最后提交了宅地申请，要了一度放牧过苏格兰奶牛的那块地方。

过了一整年，布尔·江普·克里克把四周长满三角叶杨、柳树和枝条呈亮晶晶栗色的水桦树的这块地圈了下来。当时，这里还是开放地带，不过，随着人们的定居，也引入了带刺的铁丝网。他用运来的洛奇波尔松造了一栋猎枪小屋,娶了远处哈姆福克妓院的一个姑娘,用他母亲演奏过的竖琴的名字命名他的牧场,就自以为是怀俄明的牧场主了。不过他不是,他的儿子和孙子们才是。

哈普牧场代代相传,到了吉尔伯特·沃尔夫斯凯尔手上。吉尔伯特一九四五年在牧场出生,至今仍像孩子一样,同母亲一起住在老房子里。那房子迭进式逐渐扩大,最后结构就像一个用原木造成的巨大的望远镜。他饲养着一些奶牛和牛犊,通常他都是单干的,因为这里连一个不称职的工人都很难找到。他个子很高,骨骼粗大。他那粗糙的皮肤似乎是由旧的皮垫子制成的。他没有嘴唇,只有小小的一条缝,张开就露出他那水泥色的牙齿。没有一匹马的精力能赶得上他。尽管他的肌肉很发达,但行动异常迅速。他用一种受到侮辱的仇恨的气氛包围着自己,似乎他刚受到了屈辱,却用一阵狂野而喧闹的大笑把它掩盖住了,他经常会在不适宜的时刻发出这样的笑声。他醉心于他所谓的"锤子咖啡",浓得可以溶解锤子柄,让头脑发晕。

旧世界一去不复返了,这一点他知道。出于某种原因,五十年代某一天的情景常常会出现在他的脑海中。当时,所有的牧场主和他们的工人都在马路上干活。他的记忆是如此清晰,他甚至能闻到泥土的气味,湿岩石的矿物味道。那是十年干旱吸干了本州精髓之前的最后一个多雨的春天。金林和谢里登之间的乡间道路要穿过七座牧场,全长有五十英里。由于山上的泥土严重流失,那条路成了泥潭,成了全是湿漉漉的烂泥和滞水的无法通行的烂泥坑。县里没钱。牧场主们将原木和边角料扔到最深的凹槽里,但几分钟后,这些木头就沉下去,看不见了。有些洞有三英尺深。如果牧场主要去城里,他们得自己想办法,或者要等到路面干了。四月的一个下着毛毛雨的上午,他的父亲喝着咖啡,站了起来。

"怎么样,吉布?想出去吗?"

父亲把花色马鞍放上马背以后,父子俩就一起骑上了布奇。在他们骑马行走的路上,雨停了,但是,吹来一阵狂风,马上就乌云滚滚。吉尔伯特紧紧地抓着那只装着他们午餐的油桶。他们来到了一个地方,一排拿着铁锹的人们正在路边干活。离道路不远处,还有一间旧畜栏,人们在这里放他们的工具、午餐盒和瓶子。有几个人把他们的外衣扔在地上。父亲把布奇拴在树桩上。

人们在清理取土沟和排水沟,开辟新的下水道,造防水坝和拉碎石,这时吉尔伯特就用一把破锄头,像大人似的敲打着烂泥,不过邦纳老人让他别在那儿碍事儿,否则会把腿砍掉的,于是他就到饱经风吹雨打的畜栏那儿去玩棍子和石头了。那些石头很湿。他用烂泥和矿工留下的坏掉的蜡烛架搭了一个玩具畜栏,在里面放了几块石头,那是他的马。那风吹散了云彩,到了中午,天空就一片湛蓝了。

耶稣会选哪种家具

"暖和起来了。"一个工人说着,伸展了一下背部。太阳照着他耳背,耳朵变成了干樱桃冻的颜色。

那顿冷猪肉加煮鸡蛋的午餐似乎是吉尔伯特吃过的最好的东西了。桶底有他母亲做的带花生酱酥皮的劣质白色蛋糕。父亲说,吉尔伯特可以把两块都吃了。在回家的路上,他在布奇平稳的步伐的摇晃下睡着了。母亲看到他衣服上的泥土,生气地抱怨着。第二天上午,父亲去路上干活,没带上他,他一直哭到母亲打了他一下,让他闭嘴才停下。那活干了一周,等干完了,卡车才能在路上通过。他们第一次开车经过那地方时,他还寻找过他的玩具畜栏。他还能看到一根矿工的蜡烛架。其他的都给吹跑了。那些石头马还在那里。五十年以后,那条路上铺上了碎石,县里把路整平了,但是,当他开车经过这里时,他还会寻找,那个旧畜栏已经没有了,只剩了一根树桩。大草原吞食了他的石头马。

吉尔伯特·沃尔夫斯凯尔在继承了那座牧场以后,扩大了那两块能得到灌溉的苜蓿地。这么一来,在年成不好时,那里的草可以用来喂养牛群,让它们度过冬天。在年成好的时候,可以将干草卖给那些运气不那么好的牧场。这两块地让账本上没出现过赤字。他有了增加收入的更多想法。他想自己来屠宰和包装牛肉,这样可以绕过那些中间商，这些人光拿钱，活却是牧场主干的。但是，当地的店铺宁愿继续同连锁供应商打交道。所以，他开了他自己的肉铺，造了一个有储藏功能的冷藏屠宰场。他在报上登了广告，寻找个人消费者，也找到了六七家，但是，他们吃的牛肉不多，令这一冒险行动未能赚钱，城里还有一个妇女抱怨说，牛肉末里有碎骨头。他养火鸡，以为感恩节和圣诞节的市场一定会红火，但他从未卖掉过很多，哪怕在它们的脖子上拴上成串的酸果都不行。他母亲成天做着酸果项链，但人们却要用塑料纸包装的，事先抹了油脂的塞夫维①的火鸡，有在拉斯维加斯跳脱衣舞的女人那样的胸脯。他母亲把大部分鸡肉都做成了罐头，他们自己把火鸡吃了。到了春天，他们闻到火鸡汤的气味就恶心。

在离森林最近的那些高坡牧场里，还有一些原来用楔子和原木筑成的栅栏——不是用劈成的横条或细柱子，而是用粗大的原木筑成的。但大多数都用五股铁丝网取代了。他几乎看得出土地被沉重的原木压得下沉了。当年得有多少人帮助他祖父用纯粹的树干建成了这围栏呀！吉尔伯特花了些时间去安装有刺的铁丝网，它们没有新的铁丝所具有的抗张强度，而是用各种规格的短铁丝拼凑和修补成的。在前十年，他努力想在一个炎热的下午完成这项工作，想方设法地用棍子之

---

① 塞夫维，美国一家著名的连锁超市。

类的东西拧紧对角的横拉铁丝，但是手头只有一根发白的牛腿骨及其有用的滑车头。这东西似乎天生就该用来卡住铁丝网。它用起来非常顺手，所以他收集了牛骨头，在几十个地方都用了它。这些骨质的铁丝网和钉在角柱上的狼的头盖骨，让哈普牧场具有杀气腾腾的神态。

他是固执的牧场主的典范，对自己的财产具有野蛮的占有欲。他办每件事都用一种奇怪的、谨慎的、吉尔伯特·沃尔夫斯凯尔式的方法，而且一旦做出决定，就绝不退缩。邻居们说他是自力更生，但他们说话的口气里好像有点别的什么意思。

在哈普牧场北面七英里的地方，他的同龄人梅和吉姆·科顿海德就住在斯顿普霍尔路上。上个世纪，在战后的五十年代，他曾同梅——那时叫梅·阿尔温——一起上过小学。那是艾森豪威尔建设州际公路的时代，通过引进外来人口，永远改变了怀俄明。梅的哥哥塞德利·阿尔温是一个胳膊细长而结实、脾气很好的大孩子，他曾经是吉尔伯特最要好的朋友。吉尔伯特追了梅一年，自以为塞德利必然会成为他的大舅子，但是，梅一直在欺骗他，然后，在一九六六年的圣诞节，突然嫁给了吉姆·科顿海德。当时，吉姆只是阿尔温家里的一个目不识丁的蒙大拿工人。梅教他识字，让他能够勉强读报。

"这真是一团狗屎，老兄。"塞德利深表同情地说，并带着吉尔伯特去喝了两天酒,既是为了庆祝他的征兵通知来了,也是为了安抚吉尔伯特的失望心情。

这种婚姻并不是前所未有的。对那些有远见又有耐心的人来说,娶牧场主的女儿,是一个卑贱的牛仔想拥有自己的牧场该走的最好的路子。为了报复,吉尔伯特去参加了一个新年舞会,找到了苏西·妞,十天后,就迫使她迅速地出嫁了。

苏西·妞很瘦弱,骨骼很小,腕关节同孩子一样,很细,有点像法国人。她同身高六英尺四、脖子很粗、肩膀宽厚的吉尔伯特完全不同。她的手指很灵巧,是个有天分的绣花女。在他们激动地相处的最初的几个月里,吉尔伯特吹牛说,她的手非常巧,简直能为蜂鸟做一条皮护腿套裤。她很安静,不喜欢争论和大声叫喊。她很拘谨,常常会独自沉思。她认为自己是一个非常不喜欢管闲事的人。她睡眠不好,对一丁点儿反常的声音都很敏感,如阁楼木板的嘎吱声、起风声、浣熊穿过屋子的壁脚板和厨房地板下的声音。她受到胁迫,嫁给了吉尔伯特,这一灾难性的行动刚过了几天,她就感到十分懊悔。

她生下来就听着并感觉着怀俄明的风,而且认为这是理所当然的。有一天,当时她还是个小女孩,正站在路旁等校车,一阵清新而温暖的春风,带着松香拂过,让她全身涌起了一股奇异的幸福感。这阵充满生气的风预示着闪光的命运。在那一天,她是爱风的。但是,在牧场里，情况就不同了。她开始知道流动的空气那飘忽不定的、有害的特性。这栋房子直接建在周围山脉的西北风口上，那盛行风就是从这槽口吹进来，凶猛地落到这房子上。当风猛吹着这房子，像决堤时喷出的水流似的从它旁边吹过时，房子就直摇晃。冬天，它时起时伏，时而猛攻，时而佯攻，一周复一周。当她低着头，出门朝卡车走去时，风猛拉着她的衣服，吹起她的袖子，把她的头发吹成纷乱的、奇形怪状的假发。吉尔伯特不在意这些，不过，她想，他很可能把它当成他的风，无疑很高兴拥有这么强有力的财富。

塞德利去了越南。尽管吉尔伯特很强壮，而且肌肉发达，但鼻子里长了一个肿瘤，是四级残疾。塞德利被越共俘虏了，在竹笼里过了几年。他回来时完全变了个人。性格十分别扭，一些毫无意义的事情，如盘子发出了响声，或者卡车驶过桥面，都会让他突然发火。人们认为他脾气反复无常，需要有人细心照料。他就搬来与梅和吉姆同住。在塞德利发作时，梅可以让他安静下来。她同塞德利的关系一直很亲密。当她还是个小孩子的时候，做了噩梦，就会啪嗒啪嗒地穿过厅堂，走进他那月光照不到的北屋，爬上他的床取暖并寻求保护。她嫁给吉姆·科顿海德后六个月生下的婴儿，可能是她哥哥的孩子，或者，就事论事地说，是吉尔伯特·沃尔夫斯凯尔的，甚至是吉姆·科顿海德的。

多少年以来，吉尔伯特一去他们家，就会研究帕蒂这孩子，想弄清楚她究竟像谁。他得不出结论。

越南的噩梦折磨着塞德利·阿尔温。有时，为了让梅休息一下，吉尔伯特会开很长时间的车，带塞德利到夏延的老兵后勤医院看神经科医生，重开一张处方。这是一次两天的旅程，他们在汽车旅馆里住一夜，同住一间房。看过病以后，塞德利会很善谈，很激动。吉尔伯特认真地听他讲他备受折磨的故事以及战友们的死亡。只有在这种时候，塞德利才像他儿时的朋友，既激动又迫切，只是谈论的主题是吓人的。但是他不能喝威士忌。他们试过一次，就发现了这一点。威士忌会让他发作起来，砸汽车旅馆的家具，并朝着天花板上的灯具狂吼。

到世纪末，吉尔伯特五十五岁了，陷入了工作过重、金钱不足、干旱等牧场行业衰落的旋涡。天气越来越干燥，早在四月就出现了蝗虫，预示着八月会成灾。草地在他脚下发出像鸡蛋壳破裂时的噼啪声。地上没有任何色彩，碱性的尘土让艾灌丛、青草、石头、土地本身都失去了颜色。车辆在路上驶过时，一层薄薄的尘雾随之扬起，然后又缓缓地落下。空气中除了带有轻微的旧纸板气味的粉尘以外，总是臭烘烘的。他意识到，有多少事会出错，他过去在处理牧场的问题时有多么差劲。

他周围搬来了一些拿着手提箱的暴发户牧场主——先前加利福尼亚的房地产中间商、妙手医生和退休的可乐公司经理。对他们来说，哈普似乎是个腐朽、衰败的牧场。他们看到，院子里到处放着生了锈的铁路枕木上用的金属板，一堆弯曲的栏杆桩，里面住着小松鼠，在老宅旁边有一排原木小屋。这些富人当中，有些人充满着对土地的狂热，还想买便宜货。他们来找吉尔伯特，提出要买他的牧场。他从他们的眼中看出，他们是怎么计划用推土机推了这房子，造一些大楼和小旅馆。他对小旅馆很反感。

"那些爱摆阔的富人还不如车轨上一条蛇的尾巴。"他对母亲说，"我告诉他，是我爷爷在这里建的宅基。我要是再次在我的领地上见到他这个加利福尼亚人的屁股，我会开枪把它打跑的。我直盯着他的眼睛，他领悟了我的意思。他的脸色顿时大变，还放了个屁。"

他母亲发出了刺耳而短促的笑声。

这里一直是干旱地区，在这里出生的人，就是在好年成，也不期待会有超过一英尺的年降雨量。而旱年只有一半雨量。他能看到放牧的土地变成沙漠的过程。这地区要变成沙丘，而响尾蛇想要抹除人类在这里的痕迹。青草和干草的缺乏，迫使吉尔伯特缩小了他的牛群。他没有足够的干草来饲养自己的牲口。一切都在告诉他，牧场主的时代已经过去了，但是他不肯承认。他责怪政府，他责怪盐湖城，他说，摩门教徒为奥林匹克催云化雨，在雪的潮气到达怀俄明之前，就把它吸干了。牧场住处的那口井有一千一百英尺深，那水是带咸味的。在二十世纪三十年代和五十年代的大旱时期他父亲建了土坝和蓄水池，在有雨的年代里它们能蓄水。不过现在那里全是淤泥，而且都干了，变成了长满野草的难看的洼坑。在一个干洞的中心，他堆了一大堆干柴，逐年在增加，准备在下第一场好雪的时候把它们烧了。

常有人来纠缠他。有的新来者想走捷径，穿过他的牧场走到另一边价值百万美元的豪宅去。渔猎处一个鼻子长长的生物学家因为那些堵住了羚羊通道的栅栏，老来找他麻烦。一些猎人想射他的鹿。有一天，一个刚从农学院出来的爱管闲事的女人，从推广服务部门过来，对他大谈要保护溪岸不受牛蹄的侵害，牧场要轮作，以免过度放牧。

"这些鬼话我都听过。但是我要告诉你，我会让我的牛想在什么地方吃草，就在什么地方吃草，想在什么地方饮水就在什么地方饮水。我已经这么干了好一阵了。我想，我对此是有所了解的。"他两腿叉开，下巴前伸，摆出好斗的姿势。那女人耸了耸肩，就走了。

尽管他现在过着单身汉的生活，与母亲同住，但他知道结婚是怎么回事儿。他妻子苏西于一九七七年春天离开了他，住到六十英里以外的谢里登去了。当时两个儿子蒙蒂和罗德还很小。吉尔伯特用手拍着桌子强调说，这两个男孩要在没有父亲的指导和示范的环境下长大，他们注定要失败，而不让他们在牧场上度过童年生活，会让他们受到伤害。

"如果想见孩子，他为什么不能来城里？"分手后，苏西在电话里对她母亲说。她提高了嗓门，急速地抱怨着，"您知道，我在那牧场上过了许多年，什么也干不成。有一半时间那里没有水,有水的时候，又很脏。冬天，我们既进不去，也出不来。没有电话，没有电，没有邻居。他的母亲老是在唠叨，还有那些*活儿*！他把我累垮了。'干这，干那'，总是凶巴巴的。要让那老房子保持干净？没门儿。他本来可以把那地方卖掉五十次的。如果他能像正常人那样，找个工作，他能过上体面的生活，但是他肯吗？不，不管怎样，我再也不愿意过那些年的生活了。"一旦她决心离开，她自己也固执起来了。但是，吉尔伯特不同意离婚，于是，这种分居和敌对就这么持续着。

在城里，她在大男孩超市找到了一份收银员的工作。等到两个男孩长大到可以跑腿或送报时，她也让他们找了课后和周末的工作。她对钱很有兴趣，她向儿子们表明，有些东西比奶牛和债务更好。

大男孩超市的工作并不好。不仅收入低，她还不喜欢一再对人们说"祝你愉快"，那些人本该受到拿着开罐头刀当马刺的魔鬼的折磨。

一天，她辞去了这工作，在县财政局找了个档案员的工作。这让吉尔伯特感到很恼火，因为他的财产税和车辆登记文件都归她管理。

在离婚这件事上，她对他软磨硬泡。他们在她城里的新房子里打了一架后，他终于投降了。当时，她买了一栋旧的砖木结构的大房子，院子里种着大树，周围有铁制的装饰性围栏。在十九世纪八十年代，这栋房子属于一个芝加哥商人。他每年来住两三次，处理他在牧场的投资。吉尔伯特弄不懂，她怎么买得起这栋房子。他们先是争论，然后是尖叫。吉尔伯特两腿叉开地站着，两臂随意地下垂着。别的男人会看出，这不是一个好兆头，但是她还忍不住责怪他。而他，气得用起了暴力，使劲地抽了她一耳光，她朝他冲去，抓掉了他一撮头发，就在额前很明显的地方。然后，她跑到屋子后面，去叫警察。执法人员到达之后，她告他袭击，将她脸颊上的红色痕迹作为证据。

"这是什么？"吉尔伯特指着流血的头皮吼叫着。但是布兰特·斯米奇警官根本不理他。他还是吉尔伯特的远房表弟呢。当离婚终于办妥时，两人决定，如果他要儿子们在周末到牧场去帮忙，他必须开车来接他们，还得为他们的劳动付报酬。她说，在分居期间，他几乎没有付过孩子们的抚养费，所以他至少得这么做。他表示抗议说，他手上有作废的支票能证明他当然支付过足够的抚养费，只是不太多罢了。

"那就上法院吧。"她说，"你还以为是我们对你这么坏吗？"

两个孩子没一个愿意去牧场的。只有在紧急关头，吉尔伯特打电话给苏西要求他们去帮忙，如春天打印记和建围栏时，他们才会出现。他们会让他把他们拉出去过一个周末，只是他们都绷着脸，满脸的不情愿。他们老同祖母顶嘴，看到奶牛使劲地挤来挤去时，会窃窃私语和窃笑。他们只想骑马。他们干不了一天的活。吉尔伯特很清楚，他一死，他们就会尽快地卖掉这地方。有朝一日，有人会在外面的牧场上发现他僵硬的尸体，手里拿着剪铁丝的刀，或者倒在全是污泥的灌溉渠内，就像他在一九五八年找到他自己的父亲时那样。他永远也无法将他对土地的感情传递给他们。而这是苏西的错，因为她把他们从他身边带走了，离开了牧场。

他对这个地方的忠诚并不是个秘密，连外人都能模糊地感到他对这牧场、他一辈子居住的地方的滚烫的热情。他那具有占有欲的目光落到远处苍白的锯齿状的山脉，落到溪谷和沙滩，放着印第安人的刮刀和箭头的长长的洼地上面。他对牧场的感情，是曾经打动过他的最强烈的激情，是印在他心上的刻骨的爱。那是属于他的。他仿佛从某个装满了所有权的魔法杯中喝到了它。尽管布尔·江普·克里克画的界线已经被几代奶牛踩得光秃而泥泞了，尽管沿线只有一两个地方还有柳树冒出绿色的嫩芽，但那种毁灭是渐渐发生的，他都没有注意到，因为他把牧场的美看成是永恒的、永不变化的。只需要年轻人来正确地经营。所以他一遍又一遍地想方设法让他的儿子们看清并爱上牧场。

一九八二年，蒙蒂十四岁，罗德比他小两岁。吉尔伯特坐在卡车里，在苏西的屋子前面等着，听见蒙蒂在里面用他那破锣嗓子对他母亲吼道："我不想去！那里臭烘烘的，没事儿可干。"他无法逃避他儿子们厌恶牧场的事实。不知怎的，他们摆脱了对土地所有权的灼热的迷恋。为此，他责备他们。他拼命地想把这地方变得对他们更有吸引力一些：让电力公司竖了电线杆，架了电线。耗资惊人，但也毫无用处，孩子们来的次数并没有增加。唯一的好处，如果这是好处的话，那就是他买来放在起居室中的那台小电视机。他会躺在起居室里的沙发上，身上盖着他母亲的被子，看人们与蟒蛇搏斗，在巨大的木桶里骑摩托车。他母亲喜欢看电视，但是说，她看到的许多东西让她感到震惊。

"它是种陪伴，我可以这么说，但是人们从哪里找到这些傻瓜来胡闹，我就不知道了。"

他并不孤单。他有母亲，他是教会执事，牧牛人协会会员，他去邻居家吃便饭和烧烤，大约一个月去城里一次，喝得半醉，买个女人，在翻干草的人越过地平线之前回到牧场。他不是退伍军人，但他认识所有的退伍军人，而且经常同他们一起去参加过国外战争的退伍军人协会喝酒并听人们讲越南的故事。

他一直对越南感兴趣。没有人听战争故事比他更认真了。他想知道，战争中的什么事情让人们改变了这么多，因为跟他一起上过学、从战场上回来的人们身上都有他们见过和忍受过的一切烙下的不同烙印。他认识他们，又不认识他们。塞德利回来后变得愤怒而疯狂；拉斯·弗莱什门变得夸夸其谈；皮特·基钦变得遁世，住在老基钦牧场后面的马拖车里；威利斯·麦克尼特变得不对劲，不爱讲话了，愁容满面。他们提起战争，都很激动。现在已经过去这么多年了，弗莱什门有时还会双手捧着脸大哭。还有些人没回来：托德·利克沃兹、霍华德·马尔，还有几个他不认识的人。当他想到他们时，脑海中浮现了一句老话："现在他们了解雷姆西斯知道的事儿了。"他母亲属于在学校中背诵诗歌的那一代人，有一首诗叫《小玛蒂》，讲的是一个十三岁的小女孩之死，她不断地想起这首诗中鸣丧钟式的句子"现在她了解雷姆西斯知道的事儿了"。她一生老是引用这句话，有时，还让她儿子听她带着早年在怀俄明小学里学过的那种夸张的重音朗诵整首诗。

吉尔伯特倾听着那些老兵的叙述。他想要理解他错过的一切。那是他青年时代的重大事件，他却没参与。他听着弗莱什门大谈 didi mau①、

---

① 越南语，意为"快走"。

橙剂①、beaucoup②、朱迪们③、105s④、威利·皮特⑤、K-Bars⑥，觉得那些退伍军人似乎学过一种不同的语言。他听到一些地名——富牌、溪山、广治——就想知道这些越南地名是否就等于罗林斯或塞莫波利斯⑦。这些退伍军人不大像悲剧性的牺牲品，倒像一流俱乐部里的一些古怪的成员。他觉得自己是个外人。他们比他优越。

在八月的骑术表演会上，威利斯·麦克尼特坐在他身后。那是他经历过的最热的一个夏天。那些马风驰电掣地驰过，含盐的汗水把它们的皮毛变成了白色，那些公牛低头站在狭栏里，微微地弓着背。这时，畜栏里发生了一件奇特的事故。那竞技场的场地很旧了，是二十世纪三十年代建的，全是木栅栏和木柱子。不知怎的，一个小伙子在

---

① 橙剂是越南战争期间美军用低空慢速飞行的飞机喷洒于森林、丛林和其他植被上，使树木等植物落叶的一种高效落叶剂。
② 法语，意为"很多，非常"。
③ 指战时留守家乡的男人，与派驻海外的士兵的妻子或女友有染。
④ 指105毫米榴弹炮。
⑤ 指白磷炸弹。
⑥ 指战斗刀。
⑦ 罗林斯和塞莫波利斯都是怀俄明州的地名。

给拴着的小牛喂水时摔了一跤，或是被踢倒了，脸撞在容易裂开的柱子上，给划破了。一根长长的木片插入了他眉毛下的皮肤，他跌跌撞撞地离开了畜栏，鲜血沿着他本能地放在伤口上的手背流下。他没有大声喊叫，只是手指间渗着鲜血，蹒跚地出现在人们的视线中，让大家倒吸了一口气。在救护车将他带走时，吉尔伯特没有对着哪个具体的人，只是自言自语说："他们应该把那些该死的木柱拆掉，安上牢固的金属柱子。"

"我在越南见过类似的事情。"威利斯在他身后用无精打采的、沉重的声音说。威利斯有个儿子，在大学学人类学。这个小伙子"库特"①·麦克尼特有一种不成熟的理论，说大米是用来弥补早期人们食谱中的蛆的不足。如果你听他讲很长时间，他会让你相信的。"我们当时处在自由开火地带，我身旁的一个小伙子，眼睛中了弹片。他说：'我眼睛中弹了。'说了五六遍，非常平静，似乎无法理解此事。无法相信。然后他在我身旁躺下，开始又踢又蹬，他每踢一次，鲜血就从他眼睛里喷出，就像学校里的人造喷泉一样。"

"天哪，"吉尔伯特说，"他有没有……？"

"死了。一个小伙子，十八岁，比库特还小。无法相信他中弹了。

---

① "库特"（Coot）在英语中的意思是"傻瓜"。

我当时是十九岁,不过从那以后,我觉得自己就像个老人。"

"你不老,威利斯。嗨,你同我一样大。"

"是的。"这句话就像石头一样落下。

一九九九年,吉尔伯特·沃尔夫斯凯尔的母亲打开了从加利福尼亚州分配司寄来的一封貌似公函的信件。她看到她从那个州的某个人那里继承了一笔钱。她只需要把信中附着的那张表格填了,邮寄回去,过了六周或八周,她就能得到那笔遗产。她花了两个小时去填那张表格里要求填写的住址、社会保障号码、生日、银行账号,还有其他一些乏味的细节。她填这张表格时,在桌旁坐了很长时间,结果左腿发麻了。当她站起来要去厨房泡杯茶时,腿软了一下。她摔倒了,摔坏了她的髋关节。

她恢复得很慢。即使是在伤口愈合以后,吉尔伯特也得每周开车送她到谢里登去做治疗。他有时想知道,她为什么不让她的朋友开车送她去。她总是在电话上同她的老朋友闲聊,她们中间的大多数人还能开车。他曾听见她同她们聊橄榄球,她在电视上看橄榄球是很起劲的。

"我支持熊队。我永远不支持包装工队。"

他问她,为什么不同卢丝、弗洛伦丝或海伦去一次城里,她说:"她们不是亲人。要是医生要告诉我坏消息,我要同亲人在一起,而不是其他什么人。"

当她看医生时,吉尔伯特总是在城里冷风飒飒的街上溜达,不愿在闷热的候诊室里的塑料椅子上坐着。他在一家唱片店里浏览碟片,很奇怪,怎么会有这么多名字时髦而愚蠢的乐队。在一块标着"其他"的硬塑料隔板后面,他找到了鸟叫声、踢踏舞、世界各地的蒸汽火车头的汽笛声。最后一张碟片是《回忆越南》。封面是一个肮脏的步兵抬头凝视着一架直升机。背面列着曲目表,上面有《交火》《榴弹》《美军越南广播网》《丛林巡逻》《雨》《APC 车队》。他买下了这张碟。

在坐着卡车回家的路上,他母亲说:"看来,我只需要再来几次就行了,谢天谢地。在那个候诊室里,坐着几个极为奇怪的人。那两个女人谈论着她们的《圣经》班。听上去很新潮。你知道,她们想把《圣经》同当下联系起来。不过,她们去的那个《圣经》班在设想,如果耶稣出现在谢里登,那会怎么样。这让大家都很激动,她们就坐在那里想,他会干什么样的工作。两人都说,他很容易找一个搞建筑的工作。他会不会有自己的房子?那房子是像拖车似的活动房子呢,还是普通的房子或公寓?然后她们谈到了家具,耶稣会为这房子选什么样的家具。你知道吗?人们会开始去思考无意中听到的事情。那不是与我毫无关系的事儿吗?但是我却坐在那里,同她们一样疯狂,就想知道他会选一张槭木的摇椅呢，还是用斯科奇加德防油防水剂处理过的皮沙发，还是别的什么。"

他母亲在摔跤前一个月，曾买过一些色彩鲜艳的厨房用的海绵。有一块是紫色的。她对它产生了好感，从不用它去擦油腻的锅或肮脏的残渣。有一天早晨，他把咖啡溅到了岛台上，开始用那块宝贵的海绵去擦那水渍。

"你在干什么！别用这块。用那块粉色的。你这笨蛋。我要留着这块。"

"为什么，妈？"

"为了那些好看的玻璃杯。"她指的是韦伯奶奶留下的，从他记事起一直倒放在碗碟橱里的那些有金边的水晶葡萄酒杯。他从未见有人用过它们。在那碗碟橱里面，在那些酒杯旁边放着他父亲的母亲的一张相片，她穿着有斜纹图案的黑绸子连衣裙，神情冷峻而悲哀。

"那个笨蛋邮差在哪里？"他母亲说着，拉开窗帘，寻找马路上飞扬的尘土。

好几天以后他才有机会听那张碟片。他是在去银行的路上听的这张碟片。卡车里全是树叶的沙沙声、蝉鸣声、蟋蟀的叫声、迫击炮的炮声、如同孩子用纸板做的管子吹出来一般的小鸟的叫声、远处传来的炮火声、震耳欲聋的直升机的颤动声。他听得入迷,听了一遍又一遍。

星期六是采购食品和杂货的日子。但是他母亲说:"我觉得,我去不了了。你就去把我们需要的东西买来,面包和鸡蛋。咖啡。你觉得看上去好的其他任何东西。不管怎么说,我这几天胃口不好。而且我要等信。我在等信。"

他买了些食品和杂货,出城时途经图书馆。过了两英里,他想起了书籍——关于越南的书籍——他又转了回去。出来时,他手里拿着三本书。那里只有这么几本。当晚,他就躺在床上看那些书,睡着时,脸上还盖着一本。他吓醒了,大叫了一声,觉得有什么东西使他感到窒息。他嘴里吹出的潮气在书页上形成了一个圆坑。

在这以后不久,他母亲的身体开始垮下来了。她会看着他说:"吉尔伯特在哪里?一定是出去玩了。我要他去把那个放柴火的筐子装满了。"过一阵,她会告诉他:"你得自己去准备晚饭,没有柴火我没法做饭。"他感到心痛,因为他小时候曾多次逃避那放木柴的筐子。但她老问,邮件来了没有,弄得吉尔伯特生气了,说:"你是在等总统的信还是什么?"她摇摇头,什么也不说。

千禧之年的前一年,吉尔伯特的儿子蒙蒂,一个高大的黑发汉子,三十二岁了。他还是单身,在科罗拉多当盖屋顶的工人。吉尔伯特已经几年没见他了。小儿子罗德住在谢里登,离他母亲一条街之远,在水牛城的录像带租借店工作。他已经结婚,有两个孩子,是双胞胎女儿。吉尔伯特只见过她们一次,从来也没有碰过或抱过她们。那两个小女孩儿从未来过牧场。罗德的妻子德布拉也工作,在平等牛仔旅行社当接线员。吉尔伯特有时会梦想,他们会再生几个孩子,是儿子,而那些小孙子会喜欢牧场,他们长大了会知道,沃尔夫斯凯尔家拥有一个多美的家园。他们会像他一样爱它,在他走了以后会继续经营它。

吉尔伯特的母亲虽然步伐踉跄,脾气很坏,已经八十一岁,但丝毫没有要倒下的迹象。那块紫色的海绵,虽然有点褪色,但基本上没有变化,仍不可以使用。她喜欢在书桌里翻找铅笔和纸张,拿出一本顶部螺旋装订的、纸上有横线的小笔记本。她在厨房的桌子旁,趴在这个笔记本上面几个小时,思索着,偶尔乱写些什么或者把一切都擦掉,然后把那张给糟蹋了的纸撕下来,揉成一团。

"你在写什么,妈?你的自传?女牛仔的诗歌?"

"不。"她说着,用胳臂遮着那笔记本,不让他看,就像一个孩子遮着考卷,不让作弊的邻座看一样。

在三月极其寒冷的一天,他去城里的牧场设备中心;他订购的用于旋转割草机的旧飞机轮胎到了。如果这一周后几天的天气暖和起来了，他要把干枯的三齿蒿从那三英里的牧场里拖出来。在城里，银行的温度计显示零下二度，凌厉的寒风让人们觉得它就像地狱里的冰窖。他要了一个比萨饼。在他吃着抹了很多奶酪的饼，开车回去时，云彩在移动。当他把车转到通向牧场的路上时，空中开始飘起纷纷的雪花。

屋内很静。他以为他母亲可能在睡午觉，就去作坊换旋转割草机的轮胎。白天越来越长了，他一直工作到日暮。回到家里，那深深的寂静让他感到不安。通常在这时候，他母亲会看电视上的刑事剧。他朝她的房间走去，敲了敲门。

"妈！妈，你没事儿吧？我现在去做晚饭。"没人回答。他推开了房门，看到他母亲再也不会吃晚饭了。

他发现母亲的银行账户余额是零，感到很吃惊。他无法理解她把钱花到哪里去了。他记得她将髋关节摔坏时曾告诉他，她还有六千美元存着，以备"——你知道的"。当时他并不知道。是备葬礼之用。他拼拼凑凑，才凑到了买一口体面的棺材的钱。

在清理她房间时，他发现了那本螺旋装订的笔记本。里面全是写给加利福尼亚州分配司的抱怨信，询问她获得的遗产什么时候能到。在笔记本的前面，是那封折叠着的信的原件。他按照那页纸底部的号码打了个电话过去，却发现那是个空号。吉尔伯特开始觉得，其中有什么诡计。他打电话给警官布朗特·斯密奇，问他是否知道加利福尼亚州分配司的事儿。

"当然了。你们从那里接到了一封信,说你们继承了点钱,还要你们的银行账号,是吗?根本别相信这事儿。不要给他们回信。把那封信送到邮局去。他们正在追查那些人的邮件诈骗。"

随着他母亲的去世,文明开始像换毛的鸡身上的羽毛一样,离他而去了。过了几星期,他就直接从煎锅里吃东西了。

畜牧业像往常一样,情况越来越糟了。干旱更厉害了,就像一条鳗鱼吮吸着这地区的命脉。去年,他有时看见几十辆饰有CPC[①]标志的卡车在尘土飞扬的道路上迅驰,知道它们是在他牧场旁边的土地管理局的土地上钻探煤层气。他们把充满矿物毒素的含盐废水抽到巨大的污水池里。这水是不好的。这一点他知道,在这么干旱的地方,水居然用不上,这似乎是个巨大的讽刺。他过去一直投票支持共和党,也支持把发展能源作为在穷乡僻壤的农村制造工作机会的最好的办法。但是当那有毒的废水从污水池渗入布尔·江普·克里克的地区,渗入他苜蓿地的灌溉渠,甚至家庭用的井水中时,他知道它是在毁灭牧场。

---

① CPC 即联合石油公司。

他反击了。他同又一次感受到国家和联邦政府背叛的其他牧场主一样,写信,去参加各种会议,抗议煤层气钻井,抗议折磨着这地区的成百上千的辅助道路、钻车及重型卡车。这些会议很奇怪,因为环保工作者和脾气暴躁的牧场主都来到一个房间,只有这一次意见一致了。他满意地注意到,学校的老师丹·穆尔亨,一个呕心沥血地关注着生态的自由派怪人,承认牧场主是对抗破坏土地的开发者的最好的捍卫者,牧场和牧场主们让古老的西部长生。有煤气公司的代表或政客来参加时,这些会议都是充满了仇恨的大声喧闹,最后,大家签名请愿,下笔用力之大,往往把纸都划破,但毫无作用。钻探还在继续,毒水还在渗透,他土地上的青草、三齿蒿和苜蓿都死掉了。他没有办法,只能死死地抓住这块土地。

邻居弗兰·班厄默给他打电话时,他毫无准备。那是七月四号的早晨。

"苏西的事儿太糟了,还登上头版了。"

"你是什么意思?"他说,"什么事儿登上头版了?"

"因为贪污被捕了。星期一的报纸。"

"什么!"他还没听完她那有点幸灾乐祸、略显得意的声音,就尽快地挂上电话,开车去城里找一张三天前的旧报纸,亲眼看到他的前妻多年来一直通过他无法弄懂的计算机上的一系列花招，把税款收入转入私人的银行账户。

他去县监狱，想见她一面，但是遭到了拒绝。

"她不想见你，吉布，她有这权利。"

因为是节日，城里一半的商店都关门了。人行道上已经聚集了人群，不过，游行要到一点钟才开始。在绝望中，他开车去了水牛城罗德在工作的录像带店。店门开着，橱窗里挂着红色、白色和蓝色的绸带。一个大标语上写着：

骑术表演日！七月四日至十日！

他发现他的小儿子正在把一些花哨的盒子放到架子上去。这位父亲站在儿子身后，看到他的头发稀少了，感到日子过得太快了。

"罗德？"他说。那年轻人转过身来。

"爸。"他们相互看了一眼，儿子低下了目光。吉尔伯特能闻到儿子用的须后水的香味。他一辈子都没用过这种东西。

"我是来……我想……嗯，你母亲怎么样了？"

"是啊，你想吃午饭吗？"

"你是指正餐吗？"

儿子听到这种过时的说法，脸都红了。"是的，'正餐'。去一趟肯德基，在车里吃。"

"我是开卡车来的。好的，走吧。"

"我得去告诉人家，我要出去一趟。"

吉尔伯特想，为别人打工，就得这样。你得告诉他们，你干了些什么，准备干什么，而他们可以说不行。

他开车到城北端的快餐店，朝"得来速"点餐的对讲机喊了一通。他们就坐在卡车里，把窗子摇下来，让火热的太阳烤着他们的胳臂，啃起那很咸、超辣的鸡腿，边吃边掉下大块的碎屑。两人都用吸管吃着香草奶昔。

"我想去看她。"吉尔伯特说，"她不肯见我。"

"她还在生气，你知道。她觉得，她的生命浪费掉了，至少是浪费了几年。她就是这样。她怎么想，就怎么想。你根本劝不了她。她很固执。"

"我很了解这一点。你母亲是个骗子和囚犯,对你会有什么影响？"他从侧面瞟了罗德一眼，看到那苍白的、在室内不见阳光的肤色，那浓浓的黑发，袖子上的褶皱熨得刷平的职员穿的衬衣。这孩子长着沃尔夫斯凯尔家的宽大的腭骨和鹰钩鼻子。

"去他的，我不知道。我不朝那方面想。人们看我的眼光有点怪，但是他们什么都不说。除了德布。她在旅行社里听到许多冷嘲热讽的话。她很不开心。我担心的是我的两个女儿，要是今年秋天学校里有孩子去嘲笑她们。你知道，'你们的奶奶偷了钱……'"

"孩子们记性不好。到开学的时候，他们已经不记得了。你觉得他们会怎么处置她？"

"可能会很轻。她找了个好律师。你知道，她赔偿了一万二千美元左右。这会起很大作用。他们已经扣押了那房子，收走了她的车。她的那些钱中大部分都是派这个用场的，买房子和装修房子。对她来说，那房子就是一切。两年前，她修了个游泳池。"

"我以前也常常奇怪，她怎么能买得起它。我不相信职员能赚那么多钱。我还听说，两三年前，她去过一次拉斯维加斯？"他无法相信，他在松软的鸡肉饼下面还发现了一包盐。难道有人会觉得他们的鸡肉还不够咸？

"当时是县政府里工作的一帮人。大家都去了。她赢了四千块钱。"

不知怎的，这种说法让吉尔伯特很生气。罗德在用骄傲的口气说他那个说谎、欺骗、盗窃、两面派的母亲赢了一些钱。他猛地改变了话题："你哥哥有消息吗？"

"啊，他时不时会来个电话。我们带阿琳去丹佛看病时会同他碰头。你知道她长了恶性肿瘤。现在好些了。你不会知道，她已经病了一些日子了。"

吉尔伯特的确不知道她已经病了一阵了。他颤抖了一下。他能听到远处中学游行乐队的演奏声。今天的游行开始得比较早，或者只是在做准备工作。

"他还在为那个盖屋顶的包工头打工吗？"

"嗯，不。他现在在餐厅工作。他在一家日本餐厅干活。不过他很健康，谢天谢地，考虑到他的……生活方式。"

"那是什么意思，'他的生活方式'？"吉尔伯特把手上的鸡肉擦掉，把那薄薄的餐巾纸揉成一团，塞进了满是油腻的盒子。

"嗯，他是……您知道的。"

"我知道什么？"

"爸，我不该说蒙蒂什么。"罗德在折叠和压扁那装鸡的盒子。他把右手在裤腿上擦了一下。

"我已经好几年没听说或见到他了。没什么机会。可是'他的生活方式'到底是什么意思呀？"

"看在上帝的分上，爸。没什么。只是他似乎……更……复杂一点。他不像怀俄明出生的大多数人，他喜欢另一种人。"

"我听见你在讲话，但是我不知道你在说什么。"

但是他知道。蒙蒂小时候老是在厨房和他母亲身边转，不过要他帮忙干些小活,比自己干还麻烦。这种情况一直延续到默尔·奥特周末来牧场打工为止。默尔是一个斯堪的纳维亚型的大个子,皮肤白皙,体格强壮,很帅。那人的妻子减少了工作,为的是盯着他。因为姑娘们老同默尔调情,而他也乐于奉迎。自从他来牧场打工以后,蒙蒂就像胡蜂叮着梨子一样,老跟着那家伙。吉尔伯特注意到了,但当时那孩子只有七岁或八岁,似乎只是一个小男孩的迷恋,没什么。孩子们会喜欢上狗和毛毯,甚至雇工。他觉得没事儿。过了几个月,默尔·奥特像许多牧场工人一样,没来上班,吉尔伯特就把他忘了,直到此时才想起。微风把进行曲的乐声吹过来,似乎更近了一些。

"我还是走吧。不想被那该死的游行堵住。"他从车上走下来,把他那装鸡的盒子朝垃圾桶扔去。罗德也把他揉成一团的盒子扔过去,不过它撞在垃圾桶的边上,把鸡骨头撒了一地。

"没关系,"吉尔伯特说,"他们清扫是拿钱的。"

他把罗德送回录像带店后就朝北开去,抄了个近路,想赶在游行队伍的前面,但是太晚了。他停下车等一个不肯变色的红灯时,游行队伍就拥过街头,在他前面走过,他不得不等着。一部分中学乐队走了过去,都是些满头大汗的小孩子,其中许多人都是胖墩儿,他们的白色行军裤在大腿根部都起了褶纹。他想起了他自己童年时代的同学,他们都是些动作敏捷、皮包骨的牧场孩子,没有一个是胖的、汗流满面的。皮特·基钦似乎是引火棍和绝缘丝构成的，威利斯·麦克尼特十分矮小，可以在灌木蒿后面大便，永远不被发现。

在乐队后面来了两个打扮成印第安人的十几岁的男孩，在晃眼的衣服上缠着腰带，脖子上戴着一串珠子，黑色的假发编成辫子，插上了羽毛。一个人拿着一面小手鼓，用手不规则地敲打着。他们的皮肤用某种东西不均匀地涂黑了。然后是穿着鹿皮服装、拿着古老的燧发枪的两个人。他认出他们是谢里登的汽车修理工。一个人拿着一只细颈坛子，每隔三十秒钟，他就把它举到唇边，喊着："依——霍！"而另一个人在肩上扛着几个闪闪发光的 2 号螺旋弹簧捕兽夹。吉尔伯特能看见上面五金店的价格标签。吉尔伯特感到绝望了。他知道，他得看完西大荒整个造作的表演过程，才能上路。

这时来了两匹马，马上骑着打扮成牛仔的两个孩子，全是满头卷发的迟钝的小伙子，穿着饰有珍珠纽扣的西部衬衣，拿着柔软的印花大手帕，戴着大帽子，穿着靴子。两个人都用手指转着枪，指向人群中的朋友们。后面跟着一群犯人和县治安队的武装人员，在他们后面，是穿着拓荒者盛装的城里一半的妇女和小孩子——印花布的长裙，围着围裙，戴着阔边遮阳帽，每走一步都不协调地露出耐克牌的大鞋。这些妇女中间，有一个是帕蒂·科登海德。有那么一会儿，他感到很惊讶，她多么像放在碗碟橱里的他父亲的母亲的照片啊。他想，那是因为穿的服装类似的缘故。游行队伍中出现了几个穿着闪光的缎子衣服的潇洒骑手,而塞德利·阿尔温,不管是不是发疯,总是出现在每一次行列中,表演着他那套马的技能,从他多变的绳索中跨进跨出,设法避开路上的马粪。最后是一辆CPC的运货汽车,三个戴着保护帽的沼气工人坐在后面抽烟,相互开着玩笑。现在,他可以走了。

他能走了,却很难踩下油门。灯变绿了,红了,又绿了,但直到他后面的司机开始鸣喇叭了,他才把汽车发动起来。游行队伍中有什么事情不对头,非常不对头,但他想不起是什么。

在空旷的乡间开车回家的路上,他忘掉了游行队伍,想着蒙蒂以及他的"复杂"会是什么形式,想着他那贪污的妻子,另一个儿子甚至没有告诉他,他最小的孙女长了恶性肿瘤。他看不清事情的严重程度。他很渴,都怪那咸鸡。

建筑物和车辆都在后退,他现在是行进在空荡的路上。他飞快地驶过那灰蒙蒙的鼠尾草丛、那灰白的土地。天空是一片湛蓝,令人感到愉快,除了几抹断续的飞机尾流之外,空中什么也没有。有刺的栅栏上的塑料袋,在热风中拍打着。远处的一群小羚羊,都低着脑袋。他看见邻居的牛散放在焦干的土地上,他想起来了,在游行队伍中没有牧场主——全是拓荒者、犯人、印第安人和沼气。

他知道耶稣会为他在怀俄明的住所选什么样的家具了。他会在国家公园里选中几棵小松树,夜里去那里,把它们砍倒,把树枝去掉,用剥皮刀把多汁的树皮削掉,露出苍白的、蛀虫爬过的木头。他会用这样的木材做一些最简单的圆腿家具,一切都用木桩固定,不用钉子和螺丝。

　　他希望他母亲还活着。他会对她说:"有一件事是肯定的,他不会让自己牵涉到与牧场有关的事务中去。"这并不能完全表达他的意思,但是,他只能做这么多了。

古老的獾的游戏

这件事发生在去年波德河以东的地区，在怀俄明边界上的某个地方。这不是什么故事，而是人们在某个闲散的下午在皮维酒吧可能听到的事情。

三只光棍老獾住在弗兰克·弗林克牧场的一块偏僻而高低不平的土地上，彼此隔着一定的距离。那些獾关心食物、日光浴和它们拥有的土地的分界线。它们的领地在一块朝南的岩层那里接壤。那里的风景开阔，就像一把展开的扇子。在阳光灿烂的早晨，这三只獾会在这里碰头，交换着对生活的无常和最近的风速的看法，发出嚎叫声和呼噜声。这就是它们之间的交流。其中一只獾曾经在博兹曼的大学里教过几年书，教创作或者是驳船导航，但已经退休，来到了牧场。三只当中的两只，包括那只教大学的獾，都很强健而平凡。第三只的皮毛有点泛红，但头脑却像马蹄铁一样愚昧。

弗林克牧场创办于一百一十四年以前，是一些得克萨斯人和一对不安分的牛仔办起来的，那两人是由于同情一八八三年孤星州牧场上牛仔的罢工而被赶出得克萨斯州的。从那时起，这地方转了十来次手，才到了弗林克手上。

弗兰克·弗林克很关注长生不老，以及青春之泉、永恒的火焰这类事情。由于他已经说服自己，他要活很久，就算不是永远活下去，也至少要活两百岁，所以他的环保意识很强，绝对不允许过度放牧。他老是把他的牛群赶往不同的牧场，在厨房门上贴着一张很大、很复杂的路线图，列着他制作的短期放牧的时间表。牛群在有活水的好牧场上待上三小时，就要被赶到差一些的草地上去。

弗林克总是缺人手。牧场主们都知道，要找一个好帮手有多难。弗林克要为他漫长的暮年生活存钱，所以就克扣工资，因此，他即使要找一个蹩脚的帮手都很难。在赶拢牛群的时刻，他缺人手，就求他的妻子去帮忙赶牛。

"啊,好的。"她说,"但是我现在就得告诉你,我需要一件新的冬衣,我们把牛运走后我就得要。"

"哈。"弗林克说，他以前已经听她说起过这件衣服了。

在围牛时，这位牧场主的妻子从洼地里走出来。就在她碎步穿过海蓬子草丛时，一只獾出现了。

"好漂亮的一只獾呀。"她高声说，幻想着这时自己穿着一件同样红色的大衣，不一定要毛皮大衣，人造毛的也行，哪怕是一件带长毛猴毛皮领的粗花呢大衣也行。

暮色将临时，三只獾相聚在那岩层边。

"猎物多吗？"一只普通的獾问道。

"不少。"另一只说，"你呢？"

"还好。你怎么样，红皮？"

"哎哟，万能的獾神，那个牧场主的妻子爱上了我。我想，她现在会老缠着我。"

"什么？你在说什么？"

"噢，她在海蓬子洼地里见到了我，她说：'这是我见过的最漂亮的獾，我迷上它了。'"

另外两只獾大笑起来，就红皮獾和牧场主妻子之间可能或不可能的性关系开了些粗鲁的玩笑。这次谈话必然会演变成可以追溯到十九世纪八十年代的那个故事，说一个胡作非为的牛仔强奸了一只脾气暴躁的老母獾，以及其狂暴的后果。这故事至今还会引起人们低级的幽默感。

"我没时间到处闲逛。"红皮说着，就轻松地走开了。它走的路线是穿过一个深深的洼地，那里长着许多讨厌的异乡植物，包括一种奇怪的毛绒草。它费劲地穿过那毛绒草丛，把身上的皮毛弄得滑溜溜的，闪闪发光。

"现在她该看见我了。"它对毛绒草说。

弗兰克·弗林克和他的两个老朋友从厨房门走出来，手里捧着满满一把形状像糖霜眼睛的牛头一样的姜汁饼干。牧场主愣住了。

"瞧那个。又在那里了。"

"什么？"克里斯普·布雷德说着，朝四处张望，没看到什么异常的情况。

"在沟里。我见过的个头最大的该死的獾，可以做半张小牛皮那么大的毛毯。这大概是我第十次见到这杂种了。前几天的一个上午，我正在喝咖啡，当我朝洗涤槽那边的窗外望时，这个倒霉鬼正悠闲地叉开双腿，趴在一块岩石上晒它的屁股，就像吊床上一样。我去拿了支 .30-06[①]，开了一枪，没打中。你们知道它干什么了？它朝着我踢土。这些该死的饼干，否则我现在就跑去拿 06。"他一下子吃了两块牛头饼干，噎了一下，声音好大，吓得那只獾躲到野草中去了。

---

① .30-06 是一种步枪弹型号。

"那件风流事搞得怎么样了，红皮？"几周后一只无聊的獾问道，"把她拿下了吗？"

"没有。牧场主注意到了，他妒忌得厉害。我还没走近她，他就跳起来去拿枪。"

那只教过大学的獾说，古老的獾的游戏就是这样的，看似必然的事，永远也不会发生。简而言之，生活就是这么讨厌。不过，话说回来，它没有得到终身教职，所以对一切事物都有点失望。

从树林中爬出来的人

米歇尔·费尔和他妻子尤金妮亚开着他们破旧的英菲尼迪，飞快地驶过威士忌酒颜色的平原。"在掠过草原。"米歇尔低声地说，以为这样听上去有点像西部人在说话。他们在一小时之内驶过的土地，如果让那些赶着牛车的移民来走，几乎要走上一周，一路上还会留下一连串的坟墓。那是在九月份，他们是在去缅因州拜访以后回怀俄明的路上。他们的女儿昂纳同她的男朋友和新生的男婴住在缅因。因为下了一阵雷阵雨，路面很湿，柏油路在夕阳下闪闪发光，似乎是用油浸过的一样。靛青的云彩在下了一场雨以后，将天空藏在了自己的身后。在车篷上，风将水珠卷成一缕缕细小的水流，就像卡通画家用来表示喇叭声音的一串串小圆点。

对米歇尔来说，在怀俄明住了几年后，再见到新英格兰，是很震撼的：那里的堵车令人发疯，灌木丛十分凌乱，树木遮住了阳光，一切都陷入阴影之中。那风也吹不散的温热空气仿佛令人窒息。他们女儿所住的屋子是二十世纪三十年代某个时期用原木堆起来的，是阿迪朗达克①式住宅的复制品，只是窗棂已经腐朽，房门是歪的。它位于水藻丰富的湖边，是他们女儿男朋友的姑姑的财产。那位姑姑把这里称为"村舍"。那湖水散发着沼气的气味。他们穿过高高的、没割过的青草地，经过一条高低不平的石板小道，走近这屋子。附近的一些村舍，像落汤鸡一样挤在湖岸上，院子里放着五颜六色的塑料玩具。尤金妮亚猜想，这些都是夏天的租屋。当他们住在那屋子里的时候，尤金妮亚一直苦于对霉菌过敏的折磨，老打喷嚏，就像一直在摆动的机器那样有规律。

昂纳和查兹给他们的婴儿起名为哈尔，这是件好事，因为他们曾给他起名为哈尔亚德。米歇尔用厌恶的口气说，那与一艘帆船上的绳索同名②。

"他们为什么这么干？"那天晚上，当他们躺上那潮湿的双人床时，他提出了这个问题。

尤金妮亚什么也没说，但是，她知道给婴儿起一个与众不同的名

---

① 阿迪朗达克是美国纽约州东北部的山脉名，这里是指那里居民的住房式样。
② 哈尔亚德（Halyard），有"升降索"的意思。

字的重要性，不管那是绳索名，还是法国小说家，或者甚至是女皇的名字。

他们女儿的男朋友查兹同米歇尔一样老，头发已经秃了不少，一根差强人意的马尾让这一点显得更突出了。他长相有一点好看，不过一谈到他收入来源的问题时，他就躲躲闪闪，嘟囔着说什么咨询工作。他漫不经心地同米歇尔谈论高尔夫，跟尤金妮亚讲讲餐厅和葡萄酒。

昂纳一周工作三个下午，为松树保安公司做调度员。那保安公司是由一些退休的城市警察组成，他们巡视百万富翁在海边的别墅，边开车边模仿潜鸟颤抖的叫声，为每年一次的比赛进行练习。这一比赛是在一九八七年湖上最后一对真正的潜鸟消失之后开始的。尤金妮亚想从昂纳处探听出查兹的职业信息，昂纳不作声了。然后，她刻薄地说："等你告诉我谁是我亲生父亲之后，我再告诉你查兹的事。"听到这话后，尤金妮亚走了出去，到走廊里点了一支烟，朝雾蒙蒙的空中喷着烟雾。她难得抽烟，连这支烟也不得不问昂纳要，非常尴尬。

周末，尤金妮亚对她女儿说，她应该去怀俄明玩一次，带上婴儿。

"到那时，我们可以谈谈。"这是她讲和的方法。她没有提查兹。昂纳微微一笑，轻轻地碰了一下母亲的手。但是，这平静的时刻掩盖了她们两人都知道的相互之间的不协调，就像钢琴奏鸣曲一停，附近正在说唱的收音机的沙哑而单调的声音就渗透了进来，像鲜血渗入水一样。

第二天,米歇尔和尤金妮亚回怀俄明了。在车旁,昂纳突然冲上去,吻了一下米歇尔的嘴,以示告别,米歇尔慌乱地避开了这种不像女儿的吻。

当他们沿着狭窄的小道爬行时,米歇尔说:"她到底是在哪里找到他的?"同时,擦了擦嘴唇,似乎要抹去女儿嘴上原有的味道。那阴沉的天空越来越低沉,开始下雨了。他觉得,对他来说,这种景色已经不够宽广了,怀俄明绵延的风景和朝身后逝去的山脉,已经渗入他的骨髓。

"唉,天哪。"尤金妮亚说,"可怜的昂纳。那些黑眼圈。她根本得不到任何休息,又要照顾婴儿,又要工作。"

"真想知道他在干什么。肯定什么也不干。他就是那种神气。很可能一辈子就是靠女人生活的。我希望她能甩了他。天哪,这些道路真讨厌。"一只前轮陷进了一个坑,而在他们前面,在眼睛看得到的地方,都是弯弯扭扭的一大排盛着亮晶晶雨水的洼坑。一辆伐木车驶过他们身旁。在它沉重的车轮下面,米歇尔几乎能看到那高低不平的柏油路在碎裂。这辆英菲尼迪似乎在黑暗中爬行。

"他好像是人们在熟食店排队时遇到的那种人。"尤金妮亚说,"你跟他两人都说,进口的橄榄多好啊。"她很高兴,这次拜访结束了。离开了女儿责备的眼神,她感到一阵解脱。昂纳已经怨恨了三年多了,都怪那个大嘴巴的普莱法尔医生。看来，她不想忘却这种怨恨。

他们离开了新英格兰低矮的树林和车流超载的道路，几天以后，到达了无边无际的内布拉斯加州的尽头，越过了怀俄明的边界。尽管那些毫无价值的广告牌和招牌玷污了通往夏延的路，在整个旅途中一直很烦躁的米歇尔却开始心情好转。在他们右边四分之一英里的地方，有一辆载着牛的火车在颠簸前行。尤金妮亚把碟片的音轨调回到她最喜欢的乐曲，杰米·戴尔·吉尔摩用鼻音歌唱达拉斯和DC-9[①]。米歇尔却喜欢古典音乐。他想记起DC-9是什么样子的，只能模糊地想起一架又短又粗的螺旋桨飞机，座位上有很多刮痕，还有一股公共汽车站上难闻的气味。他怀疑在美洲大陆上的任何地方还会有一架DC-9在运营。好吧，也许，在加拿大还有。而杰米·戴尔·吉尔摩，或者那个写这首歌的人，现在一定会因为曾经被DC-9或达拉斯所吓倒而感到尴尬。

铁轨朝南方转去，火车远离了公路，将那些牛送往屠宰场。他们通过车厢有孔的车皮，能看到那些黑色的躯体。尤金妮亚朝着逐渐消失的火车挥了挥手。米歇尔看了她一眼。随着年龄的增长，她那古典

---

① DC-9是道格拉斯公司在二十世纪六十年代研发的一种中短程民航客机。

式的侧影变得模糊了，娇嫩的双颊变成涂了胭脂的两块肌肉，下巴失去了清晰的线条，鼻子变粗了。她嘴边有一些弯曲的细条纹，犹如鱼钩中的曲线，不过，那黑发还是一个样，耳边垂着几缕卷发，就像涡形的提琴琴颈的钢笔画，在陌生人看来，她具有一个有故事的女人的戏剧性神态。

一辆被称为州际霸王龙的半挂车，摇摇晃晃地从他们身边驶过。"速度至少九十英里，"他说，"而我只开七十五。"米歇尔讨厌这种半挂车。通常，尤金妮亚会从嗓子眼里发出些声音，表示她也不喜欢大卡车，但这是一种假象，是内心深处妻子要服从丈夫意见的伪装。这一次，她没有回答，而是在翻那些放在有拉链的手提包中的碟片。那里没有她要听的东西，在往东去的路上，她全听过好几遍了。他们本该买一些录音书。至少她不必去听米歇尔那些忧伤的四重奏、赞美诗以及交响乐。在他们离开怀俄明之前，她曾发现他在翻弄他收集的珍贵的碟片。

"别带那些东西。"她斩钉截铁地说。现在，她把仪表板上的转钮转到收音机，开始听《车上聊天》节目。两兄弟在歇斯底里地大笑，第三个人的笑声也加入了这喧闹声。米歇尔指给她看栅栏后面的色彩斑斓的马群。

"再来一次是什么样的？快，鲍勃，再学一下你汽车的声音……"

收音机中发出一系列令人无法相信的呼哧声、咯咯声、喷气声和喘息声,还伴有大声的哄笑。尤金妮亚跟着那些高声喊叫的兄弟们大笑。

"把它关了,好吗?"

"我以为你喜欢《车上聊天》节目。这是谈论汽车的。"

"我知道这是谈论汽车的。也许百分之十是这样,剩下的都是狗叫声以及问女人,她们的名字怎么拼写。"

在接下来的沉寂中,他觉察到英菲尼迪发出了一种轻微的呼哧声。他仔细地听了一下,还听出了一些反常的声音。突然,一切东西开始不正常地震动,发出咯咯的响声。在后座上,那只装着块菌胡桃油的箱子、法国酸黄瓜罐、桧果罐、尤金妮亚最喜欢的圣让德吕店的蛋白杏仁甜饼以及几瓶2000年的格雷厄姆葡萄酒,一切他们在怀俄明找不到的东西,都在碰撞,叮当作响。他伸出胳膊,把收音机又打开了。

"你怎么拼那个字,T-h-e-r-e-s-a,还是T-e-r-e-s-a……"尤金妮亚把收音机关了。

"你干吗要关掉?"

"我也不想听他们拼名字的废话。"

那辆英菲尼迪又开始平稳地跑开了,他想起这一段高速公路上的某个地方有一段高低不平的路,刚才就是因为它才出现的状况。

过了狂风大作的埃尔克山脉几英里,米歇尔说:"瞧那边。"

"什么?"

"那辆半挂车在冒烟。"他用下巴向朝东的路上一指。她看见它在前面一英里的地方,是行驶在路上的成千上万的十八轮卡车中的一辆。只是这辆车的内燃机冒出的浓烟与众不同。当他们驶近它时,巨大的橙色火苗冲向天空。那辆卡车停在紧急停车道上,他们能看见,卷在车后的油布着火了。司机跳了出来,跑到卡车前面,对着一部手机喊着。

"哈!"米歇尔似乎是满意地说,"要过一个小时,才会有人来这儿。"

浓烟的臭味渗入到英菲尼迪中,让他们想起了纽约。

下午两三点钟时,米歇尔朝北开了。等他们过了"烟花"的广告牌,来到熟悉的泥路时,已经五点了。他们穿过了铁轨,地形越来越高,有点不平,在栅栏的另一侧露出点点深红色的岩脊。有几只叉角羚羊在一英里外吃草,他放慢了速度,看着那只放哨的羊怀疑地抬起了头。他们的车后扬起了一阵尘土,要想让车保持清洁,是毫无希望的事。一条小溪从崎岖不平的山麓里流出。当地人都把它说成小河,并用一些掉了漆的旧汽车挡着它,以防春天的洪水将它污染了。他们能看见远处阴暗的山脊、标志着斯塔莉莉牧场的白杨丛。过了防畜栏一英里,他们再次越过铁轨,那辆英菲尼迪痛苦地颠簸着。在交叉路口,他朝右转，道路就往上延伸，在长着斑纹白杨林的最美的中心地区转了一个弯，然后通向一连串全是羊群的牧场。

他们的房子位于其中的一座牧场上，在东南方向有很宽的颤杨林带遮蔽，有人曾告诉他，这些颤杨正在神秘地死去。当他对尤金妮亚提起这事儿时，她曾说"啊，不"，因为她崇拜树木，崇拜布鲁克林的无花果树、佛蒙特的山毛榉和槭树，在这里，树木匮乏，她马上认为颤杨是很好的树种。

在颤杨林里，他曾偶遇一块古老的锻铁标牌，它原来立在牧场入口处的尽头。他们的土地就是从那座牧场分割出来的。标牌上面简单地写着"巴拿马"的字样。这个地方原来的主人年轻时曾在巴拿马地峡为美国富国银行当快递职员。现在这块拱形的金属牌倒扑在泥地里。米歇尔把它挖了出来，用一根棍子把上面发霉的树叶刮去，把它靠在一棵颤杨树上。太重了，拿不动。有朝一日，他会开卡车过来搬它。

再过一英里，他们就可以看见他们牧场周围黑黑的一片洛奇波尔松和恩格尔曼氏云杉，就像一只围拢的胳膊。那烟囱刚刚可以看到。尤金妮亚知道，当她去解冻两块牛排时，米歇尔要做的第一件事就是点燃火炉里的火，倒一杯饮料，坐在火前面让熊熊的火苗为自己催眠。他们两人都在节食，只能吃红肉和色拉。

在山脚下，他们发现，在他们外出期间，村里发生了变化。

"瞧,"尤金妮亚说,"是那个老太,她没死,她造了栋新房子。"

康克尔太太的粗糙的活动房屋不见了,取而代之的是一间小木屋。那老太在屋外面,正用棍子抽打着三齿蒿。她本人似乎就是由三齿蒿和岩石构成的。

二十世纪七十年代中叶,米歇尔在佛蒙特州的本宁顿学院遇到了尤金妮亚·普劳尔。他们是在一个圆形的谷仓里结婚的。当时,拥有那个谷仓的农民要了,也得到了,一千美元的租金。在那时候,尤金妮亚的脸长得像帕拉斯·雅典娜,鼻子挺直,小嘴像是雕刻成的,漆黑的头发在脖子的后面绾成一个松结。她骨骼粗大,胸部丰满,臀部很妙。当时,没有迹象表示,她会慢慢地变成下颌很宽的方块皇后,围着华丽的毛皮围巾,穿着高翻领的秘鲁毛衣。回首当年,她曾告诉他,她喜欢古典音乐,渐渐地他才意识到,她指的是某种通俗的令人腻味的弦乐合奏曲。在当时,这不算什么,因为他以为她会学会喜欢真正的音乐的。

在他们谷仓婚礼结束时,米歇尔突然产生了一种可怕的幻觉,他新婚的妻子赤裸裸地平躺在那里,哀求地看着那个拿着挤奶机朝她冲去的农夫。尤金妮亚似乎读到了米歇尔的想法,尖利地看了他一眼,这目光就像一只朝他扔去的小酒杯。当时在尤金妮亚眼中,米歇尔似乎是个怪诞的异乡人，他那窄窄的脑袋和光洁的北欧日耳曼民族的相貌惊人地类似她曾见过的一张从斯堪的纳维亚沼泽中拖出来的死尸的照片。在那古人的脖子上有一根编好的皮绳，那人是在宗教仪式上被掐死的。她想大喊："不！"但是，过了几分钟，他们就通过了大米夹击①的仪式，去过他们的婚姻生活了，把挤奶机和沼泽里的强悍家伙全抛到了脑后。

在没有孩子的岁月里，他们对对方都还算满意，也许是因为他们早年就在佛蒙特买了一个旧农庄，在他们吵架时可以让他或她去那里冷静一下。米歇尔曾是曼哈顿的戴尔、福克斯凯普和韦格瓦公司的建筑师，尤金妮亚是她家族的厨房卫浴设计业——普劳尔和巴格斯公司的几个设计人员之一。她母亲在二十世纪五十年代开创了这一事业，当年她设计厨房时，用的是方格布的窗帘、天竺葵，还有具有神话般的白金汉郡农庄风格的阳光充足的早餐角。现在一切都是采用线条明快的、灰色的以及德国式的设计。

他们在布鲁克林高地的住宅是一栋褐砂石建筑物，其特点是屋后有一片无花果树林，在夏天会提供大片树叶沙沙作响的树荫。在冬天，为了吸引鸟儿飞到后院，在布鲁克林植物园听课的尤金妮亚挂出了喂

---

① 当时婚礼上的一种习俗，人们会把大米撒在新人的头上。

从树林中爬出来的人

鸟器,并记录下到他们那里去的鸟群。在蛇爬进花园以前,他们的日子就是这么过的。

然后,米歇尔同一个去实习的建筑系研究生发生了关系。尤金妮亚并没有同他发生正面冲突,而是等待事情过去,屈辱和愤怒充斥着她的感情和思绪。等这件事过去了,她自己报复性地同一个名叫泰勒的英俊的橱柜联络助理发生了关系。他比她小六岁,一个年长的有经验的妇女主动去勾诱一个天真无邪的人寻求爱的乐趣,满足了她的自尊心。他们吃午饭的时间很长,很长,一直拖到傍晚,然后冲向"他们的"旅馆,在那里付钱的是尤金妮亚。但是,在总统日的长周末过后,泰勒告诉她,他不想再同她偷偷地见面了,她对他的感情也一下子就凝固了。泰勒同朋友们一起去了蒙特朗布朗,如他所说,遇到了一个他"很喜欢"的人。

"什么?在四十八小时内,你们就有了这么深的感情?"

"是的。"他倔强地说,脸涨得通红。

"好吧,"她说,"好吧。"但是,回到办公室,她私下对一些关键人物说,她认为泰勒不适合厨房和卫浴公司,他的设计感很差,他三小时的午餐是同"商圈厨房"公司的人见面,他把他知道的有关新的仿麂皮绒橱柜情况都告诉了对方,还说,他计划跳槽去那里,天知道他会带哪些顾客过去。但是,一切都太晚了;伐木工人的胳膊已经挥到最高处，斧头必然会开始落下，对那棵树来说，无法挽回的时刻已经到了。尤金妮亚怀孕了。

他们为婴儿起名昂纳，因为在法语班上，奥诺雷·德·巴尔扎克的《高老头》曾令尤金妮亚十分感动。米歇尔相信，他们的女儿是在他们五条腿的床上受孕的。那多余的一条腿是放在中心位置上的一根底部有金属滑轮的干枯的棍子。本来是想用它来加固的，但是失败了，在他们做爱时，这根棍子总是在地板上敲出复调来。但是比那根笃笃作声的床腿更糟的是尤金妮亚各种各样的设计图、蓝图和新的设计书籍。这些东西她可以研究上几个小时，让米歇尔在床上大声叹气，猛拉着枕头，遮着脑袋。早上，两人醒来时，身上都有书籍和捆在一起的设计图的印记。而那些蓝图常常被弄坏了、折皱了和撕碎了。

有一天早晨，米歇尔在地铁里睡着了，来回坐了几个小时，直到有手指在他上衣里摸索，才使他醒了过来。他说，出这样的事，是因为尤金妮亚的灯和哗啦哗啦的翻纸声让他整夜无眠。那天晚上，他在沙发上铺了张床，第二天早晨说，多年来，他从未睡过这样的好觉。尤金妮亚也很喜欢那空出来的空间，把草图和立面图推到床上米歇尔的那一边。不听见他在睡梦中渡过缠绵的梦的海洋时发出的咕哝声，是件让人宽慰的事。

米歇尔在沙发上睡了好几个礼拜，尤金妮亚才发现，那间起居室里全是他的臭味。那个星期六,他们扔硬币来决定谁去那间空房,那间房,与其说是客房,不如说是储藏室。结果是反面朝上。米歇尔占了他们原来的卧室,为自己买了一个新的碟片机。尤金妮亚得到了那间空屋,清理掉盒子、放冬天衣服的塑料箱子,把墙重新刷成深粉红色,花了一小笔钱定做了深蓝色的窗帘,让这地方有一点男人气味。那里有一个角落,她就把婴儿床放在那里。在床脚边放了一个行李架,上面放了一只镀金的意大利漆盘。两天以后,盘子上堆满了笔记本,里面写着有关闪着紫铜光芒的美妙的厨房的设想,只是没有人会在这种厨房里烧饭。

当普莱法尔医生说,昂纳不能为米歇尔捐肾,因为她的DNA和血型都与米歇尔不匹配时,尤金妮亚和昂纳正坐在一张红色的真皮沙发上。尤金妮亚感到血直往脸上冲,她的心一阵乱跳,充满了对这个脸色粉红的医生的仇恨,那人的眼睛恶意地闪着光,他对于自己透露的这个信息,显然很感兴趣。

在电梯中,昂纳大发其火:"天哪!谁是我的父亲?"

"显然是另有其人。"尤金妮亚说。

"那又是谁?怎么回事?你同另外的什么人结过婚吗?"

"我不想讨论这事儿。"尤金妮亚冷若冰霜地说。

电梯停了，一个坐在轮椅上的男人由一个年轻妇女推了进来。他们默契地不声不响一直坐到底楼，昂纳捏紧了拳头，盯着她母亲。在汽车里，尤金妮亚保持着沉默，而昂纳哭着、喊着、要求着，直到嗓子哑了，气都透不过来了。她们两人都没告诉米歇尔普莱法尔医生说的话——米歇尔不是昂纳的生身父亲，而米歇尔的小妹妹宝拉成了他的肾脏捐献者。

米歇尔还在医院里时，昂纳就离家出走了。纽约变了，尤金妮亚感到害怕，就同米歇尔谈离开城市的事儿。那时，他们已经不能再去佛蒙特的农庄了，因为一九九七年他们把它卖了。米歇尔在康复期间一直在考虑蒙大拿，可是他在《个人理财》上看到了一篇文章，提到在怀俄明这个州里，财产税很低，根本没有所得税。它好像也是个安全的避风港，不大可能成为攻击的目标，因为该州的总人口少得可以塞进一个公用电话间。他回想起童年在特顿的一次夏令营，围着篝火唱歌，在詹尼湖上钓鱼并骑着马勘探黄石公园的小道。

渐渐地，尤金妮亚和米歇尔开始觉得，怀俄明也许既是一种冒险，也是一个明智之举。米歇尔从肾移植手术恢复过来以后，就要求办理半退休——他每两个月从怀俄明飞到纽约一次，在那里待几天。尤金妮亚说，她终于可以开始写她想写的两本书了:《真正的城市厨房——外卖与熟食》以及《全球性厨房》。

他们去那边旅行侦察了一番。这片美丽的土地让他大为惊叹，不是那些有过许多照片的大特顿山突出的尖石，而是那高高的草原和灿烂的黄色远方，很符合他对空间排列的感觉。他觉得，他似乎是碰巧找到了以前在地球上从未见过的景色，与此同时，他似乎进入了人类出现以前的*原始的*景色中。那些山脉像熟睡的黑色动物蜷伏在所有的地平线上，白雪把它们的背部染白了。他脚下踩着野花、闪光的石英晶体、玛瑙和玉、鲜艳的地衣。那些不熟悉的青草随着光线颤动，它们的灿烂的枝叶点亮了广阔的大地。距离把一群牛缩小成一小撮抛起的丁香花苞。他的心收紧了，他但愿天上有个擦除器，能把那些栅栏、简陋的房子，包括他买的那栋，全从那地方抹去。即使是那些让尤金妮亚很生气的一股股强有力的纵横交错的风也让他感到欢喜。

在找房子以前，他们先去西部服装商店装备了一下自己。尤金妮亚买了两条有流苏的仿麂皮的裙子，一些高领的牛凯特[①]衬衫和一双饰有青绿色骷髅的罗基特巴斯特牌的靴子。米歇尔穿上了牛仔裤，一件带有珍珠纽扣的西部风格的衬衣。

他买了一双黄油色的奥拉西靴子，他一走路，那鞋就像杵锤那样猛击着地面。他经常绊脚，因为无法习惯那高跟，特别是因为他刚买

[①] 牛凯特是一个复古西部服装品牌。

了第一副双光眼镜。他买了一辆已有二十年车龄的鲜绿色的、有凹痕的四轮驱动小卡车，这是他一直想要的车。他让人装了一个碟片播放机，开车时喜欢将肘部放在窗外。他很惊讶，这卡车没生锈。

"在这里，道路上不撒盐。"他欢呼道。尤金妮亚望了他一眼，似乎他刚才说的是，他早晨喜欢吃生鸡蛋。

他们在找房子和地的时候，住在杰克逊城。尤金妮亚想要找靠近特顿、黄石公园和国家森林的地方，但最便宜的地方也要几百万。怀俄明的低税几乎被房产的超高价抵消了；就是在地下九百英尺才有水的供水不足的蹩脚的三齿蒿地，要是有点山景，价格也令人吃惊。米歇尔开始觉得，这些产业是寡妇们的意外之财。他想象着，那些可怜的老牧场主抓着这些地方，拼命地工作，早早地进了坟墓。他们死后，那些寡妇处理掉了奶牛，打电话给房产中介，他们画出了一些三十五公顷的小牧场的草图。于是，那些寡妇们匆忙地逃到博卡拉顿的公寓里去——只有埃莉诺拉·菲格是例外。

在离松树谷三十英里的地方，有一座斯塔莉莉牧场，大门内有一堆"庄园"，费尔夫妇就在这里买了一座原来的牧场。他们离斯维夫特福克斯小镇三英里。小镇的人口是七十三人，设有一家杂货店和三齿蒿咖啡店。在黄昏时分，一个球形光团像亮晶晶的水母似的在斯维夫特福克斯上空形成，用浅黄色的文明点缀着山间的黑暗。

那栋住宅坐落在阳光明媚的斜坡上，四周全是野花和银色的三齿蒿，面朝巴切勒山脉。即使在夏天，这山也像一块厚厚的哈尔瓦①，上面涂满了紫色的巧克力。远处，温德河的支流像揉皱的包袱皮那样躺在地平线上。

那房子就像斯塔莉莉牧场上的任何其他一栋住宅一样，是用巨大的松树原木建成的。它不同于有些邻居拥有的木头城堡，但有四千二百平方英尺，仍然是他们一生中住过的最大的屋子。内部的设计是二十世纪八十年代的宏伟的rancho②风格，有一间庞大的起居室，原木上有错综复杂的雕刻痕迹，远处的山脉被艺术性地嵌进了巨大的窗户，小鸟常常在窗户上把头撞破了。

尤金妮亚宣称，厨房里全是碎砖，油腻的墙壁，水槽太小。她最讨厌老旧的冰箱发出骇人的吼声。起居室和卧室的地板上铺着棕色的尼龙地毯，上面的污渍和椅子腿上的凹痕记载着原主人的一段历史。那五间卧室又小又黑。尤金妮亚打算从她母亲那里借些钱来重新装修一下这房子。

---

① 哈尔瓦是一种由碎芝麻和蜜糖等混合而成的甜食，原产于土耳其。
② 西班牙语，意为"牧场"。

"我们要把这些墙拆掉,"她朝那间狭窄的饭厅、厨房、过于宽大的起居室挥了挥手,"我们得弄出一个非常大的房间,让空间从厨房的顶端延伸到饭厅,再到休息区。"

"这面墙和那面墙都是承重墙,"米歇尔说着,朝天花板瞟了一眼,"你不能把它们也拆掉了。"

"到时候看。下个星期,我去找一个建筑工人,同他一起在整栋房子里转一圈。还有那些阴暗的小卧室。如果我们敲掉一两面墙,我们就可以有两间相当大的房间。再装上一些体面的向外凸出的窗户。从卧室里就可以看到极其美妙的山景。"

那个房地产中介商,皮肤晒成棕褐色,戴着一顶有嵌进式褶皱的高级牛仔帽。他建议说,卧室中的一间可以用来当很漂亮的家庭影院。尤金妮亚发现,他的棕色皮肤带有一种橙色的色调,在他强烈的古龙香水味中,她闻到一种化学涂黑剂的烧焦的味道。

"你们知道,"他说,"你们是到我这儿来买房的顾客中的第一批纽约人。我们这里没有纽约人,我想,不是他们会想来的地方。"

"天哪,"米歇尔低声对尤金妮亚说,"瞧瞧这一切,"他朝那黄褐色的广阔景色、那远山挥了挥手,"他还说'家庭影院'?"

他们两人都对野生动物感到好奇,但是对尤金妮亚来说,那些动物和鸟是新颖的装饰品。相反地，米歇尔却深深地爱上了叉角羚，动物世界里那些最敏捷的运动员，它们同狼和野牛一起，在高原上演变了两千万年。他称它们为"羚羊"。它们的毛色是用耀眼的白色衬托出来的红棕色，这让他想起了他曾经拥有的一双高尔夫球鞋。

有一天，尤金妮亚发现米歇尔在阁楼里翻他们从未打开过的箱子，那里放着城里穿的衣服以及有朝一日可能会需要的旧账目，还有一些杂七杂八的零碎。

"你在找什么？"

"我的旧高尔夫球鞋。"他说着，在屋顶的檩条下伸直了身子。

"高尔夫球鞋！米歇尔，早在你做移植手术时，你就让我扔了你所有同高尔夫有关的东西。"

"是的，"他说，"不过我想，这双鞋也许幸免了吧。"

"嗯，它们没有幸免。不过，你为什么要找它们？我不敢相信你还想再打高尔夫。"

"不是。"他不能说，这是因为他想看看那双高尔夫球鞋有多像叉角羚。第一年冬天，他在地方报纸上看到，在一场暴风雪中，一辆半拖车在 I-80 公路上撞进了一小群叉角羚，撞死了十七只，他感到很伤心。

他们刚搬过去的时候，怀俄明似乎是很文明的，但是，逐渐出现了一些迹象，让他们不得不承认，他们所在的地方是东部人心目中的真实世界的边缘地区。一些令人不安的证据表明，严峻的历史重担仍然有力地压在他们身上。过几个月，就会莫名其妙地发生某种农村特有的事件：在一条乡间小道上，一个人用他爷爷的 45.70 古董布法罗枪向另一个人开了一枪；一个刚从艾奥瓦来的人，下午出去远足，在走下林格山时，从悬崖上掉了下去。九月，黑熊来了，毁掉了尤金妮亚的喂鸟器。一只老鹰躲在委陵菜丛下面，突然跳出来，扑向一只离开自己的洞穴太远的过分自信的草原犬鼠。在他们买酒和食品杂物的鹿角泉镇上，一个正要生头胎孩子的年轻妇女成了寡妇，她丈夫在科罗拉多扑灭夏季的野火时，被直升机上掉下来的普拉斯基①工具砸死了。一些度假的人把自己锁在了车外，遭到了雷击。牧场主们的眼睛只顾盯着他们的牛群，把车开离了道路，翻车了。每件事似乎都以流血告终。

走出斯塔莉莉牧场的社区，埃莉诺拉·菲格就是离他们最近的邻居。她是个七十五六岁的寡妇牧场主，典型的共和党人，属于观念保守、仇视艺术、思想右翼、为人直率、态度坚决的那种类型。她既养牛，

---

① 一种在野地里扑火专用的工具。

也养羊，开着一辆古老的黑色吉普车。她憎恨环境保护主义者和外地人。米歇尔懂得她吉普车上那张特大的贴纸，上面写着："开枪、铲除和关上"，用来表示她对狼的态度。她看了一眼费尔家的英菲尼迪车，就认为他们是吃骆驼蹄和外国橄榄的骄奢淫逸的人。她自己是靠家宰的牛肉、煮土豆和黑咖啡过日子的。她总是穿着一条牛仔裤、一双沾满了粪肥的靴子和一件不整洁的去谷仓穿的外套。当他们首次相遇时，米歇尔握了一下老太太的手，感到她粗糙而结实的手指相当有力地握住了他的手。

"你的牙怎么样？"她说，"挺利的？"

"我不知道。"米歇尔说，这个奇怪的问题让他感到不知所措，"为什么？"

"我一直在找人帮我们阉割小羊。"

邮局的那个女人给他讲了埃莉诺拉·菲格的情况。

"她和她的两个儿子康道尔和汤米正准备经营这方土地。"她又加了一句，她还有过第三个儿子，科迪，他在大峡谷中度他的第一个，也是唯一的一个假期时，死于中暑。

他曾经遇见过康道尔·菲格。在第一个冬天，他从自己惨痛的经验中得知，他买的那辆卡车最多也只能在夏天用。有一点雪，它就打滑和转向。不可避免的事儿发生了。他一面试图用手机叫拖车，一面诅咒着怀俄明成百个不通信号的地区，在这些地区，烟雾信号比手机更有用，这时，一辆装着一千磅干草卷的大型平板卡车停了下来。

"有链条吗？"那司机喊了一声。这是个又矮又壮的大个子，尽管天很冷，还下着雪，他只穿了一件T恤衫。他长着卷曲的黑胡子，两只眼睛又小又亮，活像两条一指长的小鳟鱼。

"没有。"米歇尔说。他的嘴还没闭上，那人已经下了车，从车中拖出一条沉重的、顶端有钩的链条。不到四十秒钟，他就把链条绕在米歇尔车子的拖钩上，把卡车拖上了路，只是方向弄错了。

"噢哟，"米歇尔说，"我该怎么谢你呢？"他望着卡车刚才所在的雪坑，伸手去摸钱。在栅栏的那一边，三十或四十只叉角羚正冷静而超脱地凝视着他们。他匆匆地说着，声音飞快地从嗓子里冲出，"我的名字是米歇尔·费尔。我们住在斯塔莉莉牧场。"然后，他拿出了一张二十美元的钞票。

那人仇恨地看着他："是啊。我知道。把你的钱留着吧。你们屋子的所在地原来是我们家人放储水罐的地方。在老迪安·佩雷恩拥有你从他那儿买的那辆车时，他在什么天气都开着它。他妈的，开了有十来年了，上面都放一些重东西。他从不掉沟里的，除非他自己想这么做。"他跳上那辆大卡车，踩了下油门，在一片蓝色的烟雾中消失了。

不过，米歇尔在他的卡车的车身内放了四百磅重的沙袋以后，他冬天的开车技术提高了。他能在路上开车了。

在斯维夫特福克斯，还有一位老太——康克尔太太，她也是一个牧场主的寡妇，但是住在一间破旧的活动房屋里，外部刷着黄色灰泥。多少年来，风吹来的灰尘让这间房子变了颜色，而那灰泥也裂开了，起了皱褶，成了一大片鳞状的东西。有时，费尔夫妇开车经过这里，看见那个老人在室外，费劲地想把一些湿漉漉的灰色衣服挂到下垂的晾衣绳上。

"那老家伙，"尤金妮亚说，"你不得不想，怎么会有人落到这种地步。"

米歇尔同当地人的交谈比她多，曾经听到过一个关于厄运和诈骗的故事。

费尔夫妇离开斯维夫特福克斯去缅因的那天，曾经过康克尔太太的丑陋的活动房。院子里停满了卡车，人们正从活动房里往外搬一只衣柜，一箱瓶瓶罐罐，一张摇椅。

"啊，"尤金妮亚说，"一定是着火了。或者是那可怜的老太死了，她的亲戚正在清理她的东西。"

米歇尔认为不是这样的。当他们驶近山脚下时，朝他们开来的是康道尔·菲格的平板车，上面装着锯制板和原木。从侧镜中，米歇尔看到他开进了康克尔太太的院子。

米歇尔很高兴回到了怀俄明,远远地离开了缅因,在某种程度上,尤金妮亚也不是不高兴,尽管这地方看上去还是同以前一样陌生。空中无云,阳光异常强烈,地衣和岩石、土灰色的三齿蒿被烤成了不同的颜色,这是生活在云雾弥漫的东部的人们永远无法知道的。他们回来以后几天,第一场暴风雨从颤杨树上打下了一些黄叶,也打倒了夏天的青草。杂草被随之而来的严霜压倒了,接着有十个完美无瑕的晴天,那是闪烁的颤杨林中阳光明媚的黄金时期。上方山坡上的洛奇波尔松散发出缕缕树脂的香味。

"确实很美。"尤金妮亚表示同意。她曾到离家很近的林间小道上散步过几次,那里充满着干枯的落叶的香味,还有熊寻找松鼠储藏食物的地方时扒过的泥土香味。她遇见了一个猎人,然后就突然不去散步了。他看上去肮脏而粗鲁,弓形腿,脸上涂着黑色涂料,在树枝划破他耳朵前面的皮肤的地方流着一溜血。他拿着一张看上去强劲的弓,锋利的箭头在闪闪发光。他用狼一般的眼睛打量着她。她能闻到一种难闻的臭味。

"你应该穿橙色的衣服。穿成这样会被人开枪打死的。"

她当时穿的是棕色的仿麂皮夹克衫。她突然意识到,对于一个在远处树林中凝视的人来说，她很可能像一只鹿。也许这个人也曾将箭对准过她。她说不出话。她转过身，开始快速地朝小路的尽头走去。在小路的拐弯处，她转过去，看到他跟在后面，吓坏了。于是，她向停车场跑去，以为会有一支箭射在背上，或者有一只手来捂她的嘴。她没有对米歇尔说什么，因为他曾说过多次，现在是打猎季节，他们应该买橙色衣服。

十月末，刮起了最初的几场暴风雪，持续的寒冷开始堆积起冰碛。几只鹿来到尤金妮亚为鸟准备的喂鸟器旁，她就拿出几大盘葵花子给它们吃。不到一个星期，一到黄昏时分，就有五十只黑尾鹿成群地来到他们的院子里。尤金妮亚想起那个拿着弓箭的猎人，就感到很庆幸，这些鹿不会遭到他的捕杀了。风将盘子吹走了，她就让米歇尔把几袋二十磅重的葵花子直接倒在一簇金花矮灌木丛旁边的地上。每天晚上，那些鹿把葵花子全吃了，很快，他们每周要花七十美元买葵花子。狐狸也来吃葵花子，还有喜鹊、暗冠蓝鸦，甚至有一只北方扑翅䴕，这种鸟似乎不该来喂鸟器吃东西的。米歇尔说他应该买一支枪，因为杀死一只鹿可以为他们的鸟食注入一大笔资金。

"天哪。"尤金妮亚厌恶地说。

"你在东部绝对看不到这样的事，"她写信给昂纳，"奇妙的野生动物，不过，现在米歇尔要开始杀它们了。"她很小心，没写"你父亲"。

女儿从不写信，打电话来说，她已经从村舍里搬出来了，搬进了布鲁克林的一间公寓，哈尔正在长牙，哭闹得厉害，他现在是日托，因为昂纳在为电视台拍摄公益纪录片的集团里找到了一个非常好的工作。

"不过，干起来不容易。"她说。

"你需要钱吗？"尤金妮亚问。她同昂纳谈了几句话，高兴得几乎要哭了。直到这个时候，她才意识到，她在怀俄明，整天就面对着一个米歇尔，该有多么痛苦。她知道，人们在议论他们。她一走进斯维夫特福克斯商店买鸡蛋，人们就不作声了。如果她说，天气真好，待了一会儿，才有个友好的声音说，的确如此，然后又没声音了。她把门一关上，就能听见里面突然喋喋不休地讲了起来。在邮局工作的那个女人，自己也是个外来户，说："啊，他们会让你走近栅栏，但绝不会让你打开大门的。"

"钱？"昂纳说，"嗯！我能派上用场。付房租的日子很快就要到了。目前的工资不高，但是如果我能坚持下去，会提高的。"她的声音听上去是高兴而自信的。尤金妮亚突然很想念她自己过去的工作以及轻快而得体的纽约式的谈话，想念中午一小时的购物以及她能找到她需要或想要的任何东西，想念饭店和博物馆。昂纳没提起查兹，尤金妮亚也没问。她估计，查兹已经没戏了。她寄了一张支票给昂纳，还要她寄某个牌子的护手霜过来，她在怀俄明找不到。

米歇尔得知，斯塔莉莉牧场侵占了赤鹿、鹿和叉角羚的迁徙通道。现在，那些动物不得不穿过迷宫似的城镇、牧场、栅栏和道路才能到达它们在巴切勒斯的传统的夏季牧场。这些用大原木筑成的住宅，家家还有狂吠的狗，所造成的恶果同任何一个垃圾堆似的旅行拖车停车场一样有害。罪恶感开始玷污他在这房子里度过的时光。他几乎能感受到康道尔·菲格对这些堵住了通道和原有景色的房子的仇恨，尽管是菲格他们自己卖掉了这些土地，他们的畜栏堵住了一切，除了风。

十二月冷得让人难受，猛烈的狂风把情况弄得更糟。尤金妮亚一走到室外，雪珠就刺痛了她的脸，拍打着她的防风外套。路上充满了危险，她只能一天又一天地困在屋子里。不知怎的，米歇尔在坏天气中能继续开车，从困难中获得乐趣。雪停了，风却更大了。风把她弄得精疲力竭。干燥而刺骨的冷风在每一株三齿蒿的背风处堆起了小小的隐蔽的雪堆，把剩下的雪变成精美、坚固而光洁的雕塑。为数极少的云彩又细又长，就像针线一样，狂风大作的天空，露出像煤气火苗那样冷飕飕的蓝色。那风咬住了笨重的原木住宅，一阵又一阵地摇晃着它。凌晨，它会停几个小时，然后，当太阳爬上颤杨的树梢时，它又回来了，野蛮而贪婪，把剩下的一些松动的雪扫入空中。它从不真正停歇。形势持续地演变成他们从未经历过的最糟糕的冬天。

一天下午，她坐在英国榆木桌旁边看一本新书《在当代浴室设计中的热带色彩》，其特点是将蕨类植物和兰花披挂在墙上。米歇尔不在家，出去没完没了地开车了。她注意到，在长着恩格尔曼氏云杉的背风的山坡上有一点动静。又有动静了，有什么东西在雪地里移动。她找来了看鸟用的双筒望远镜。一个人在树林中爬行。

他在雪地里打滚，冲得越来越近了。她从书桌旁盯着他，心跳得又快又猛烈。她想起了她在秋天遇见的猎人。当那个人来到离房子只有五十英尺时，她以为他会站起来，手里拿着刀或者弓箭，猫腰前进。但是，他把头往后一甩，脸色很可怕。也许他甚至吼叫了一声。他的脸极红，即使从远处，她都能看见他脸上闪光的汗珠，尽管有雪，天还很冷。他看上去像个疯子。她打了电话给位于鹿角泉镇的治安官办公室，报告说，有一个形迹可疑的人，然后就焦虑而担心地等着。她尝试过给米歇尔打手机，但是没有回应。由于没信号的地区太多，他很少开机。几乎过了一个小时，还没有人来。她每隔几分钟就偷看一下，那个人是不是还在那里。他像只毛虫那样，在雪地里扭动，朝着房子的正门爬着。他拐了一个弯，她要走出去，才能看到他。她觉得她能听见他在嘟囔和重复着一些话。一个疯子。她心中升起了一阵对当下处境的恐惧。

她终于看到治安官的巡逻车出现在长长的山脉，在那辆车后面还有一辆熟悉的黑色吉普车。两辆车都开到私人车道上。她站在厨房的窗户旁。她看不到那个爬行的人,但是觉得她能听见他在弯着腰朝房门靠近。

开着治安官汽车的司机,是个穿着制服的红头发胖女人。她等着吉普车停下来。埃莉诺拉·菲格敏捷地从吉普车上跳了下来。两个女人走到游廊的那一边,尤金妮亚听得见她们说话的声音。

"起来,没事儿了。"有人说。那两人把那人扛到治安官的车旁,帮他坐了进去。埃莉诺拉·菲格从窗子里探进头去同他说话。那个红发女人来到尤金妮亚门前。

"是个滑雪者,在那里把腿弄折了。"她指着颤杨后面的陡坡,"他受伤了,"她带着谴责的语气说,"一直往这儿爬,想寻求帮助。他能看见你向窗外偷偷看,可你就是不开门。"

"我不知道他想干什么,"尤金妮亚辩解说,"他可能是——任何人。我没法弄清楚他想干什么。他也可能是杀人犯或者是逃犯。我不知道他受伤了。"

"不过,你看见他躺在那里。他没干什么坏事,对吗?"

"这也可能是个花招。"尤金妮亚说。那个胖女人没说什么,大步走向她的车,碰了一下埃莉诺拉·菲格的肩膀,说了些什么。她们开车走了。

黄昏，米歇尔回来时，尤金妮亚根本没提这事儿。

差不多从一开始，米歇尔就喜欢上了开车去州里很远的地方。他从来不知道开车能带来这样的乐趣，路上空空如也，没有车辆，四面八方都是广阔的盆地和山景。他驶过滑溜溜的乡间小道，穿过滑坡的红色的峡谷，顶部成微波浪形的草原。他爬过一年只有四个月可以通行的山脉。他经常驶过黑冰，穿过暴风雪，感到卡车随着强风摇动。有一两次，他的车陷在泥路上开不动了，雨水令土壤中的皂土膨胀起来，弄得泥路像猪油一样滑。当时毫无办法，只有坐着等路干了，轮胎不打滑时才走。在开车期间，他一直播放着尤金妮亚非常不喜欢的古典音乐碟片，伴着音乐感受美景。

他是偶然发现那些最适合开车时听的音乐的。那天，他同尤金妮亚就某件事发生了争吵。一小时以后他已经不记得什么事让他们这么生气了。他匆匆地抓起一把碟片，就冲出门去，上了卡车。整天一起关在屋子里，对两人都不好。以前在城里时比较好，一天结束了，他们对其他人感到厌倦了，来到一起，在相互的陪伴中得到安慰。他们高兴地喝一杯酒，讲讲办公室里比较有趣的家长里短。有时候，他们出去吃晚餐，更多的时候，他们从卡瑟罗伊厨师那里叫点热菜。现在没有办公室的家长里短了，他又不能大谈大片的岩石和令人不寒而栗的风雪。他们越来越成为两个相互妨碍的脾气暴躁的人。他怀疑尤金妮亚想回纽约,也有点希望她回去。她为什么不说呢?他不可能提这事儿。有些事儿让他受够了,但不是这地方。不管发生什么事,他会留下来的。

一天,在这种心情下,他开车经过穆迪谷西部和北部的空旷地区,开始想起恐龙来了。它们曾经在这些古老的闷热而潮湿的沼泽地里,从热带树上摘绿叶,用像短弯刀那样的脚爪子在彼此的肚子上踢出极大的伤口。到处都是它们已变成化石的骨头和坚硬的足迹。他一边这么想着,一边看也没看,就把一张碟片塞进了播放机。就算是个惊喜吧。

响起了一组编写得非常美妙的管风琴乐曲,悲伤而缓慢。他没听过这音乐,就把音量调大了,来压过引擎的嗡嗡声。突然发出的强大的低音部的吸气声和喷气声,深深地感动了他。那响亮的声音让他吃了一惊,似乎在他的胸口砸了个洞。那声音十分像是恐龙发出的,让他几乎尖叫起来。那微弱的、迂回曲折的曲调回来了,然后又是那可怕的吼声。他到底在听什么?在他的脑子里,音乐、恐龙、狂吼的管风琴曲,全混在一起了。管风琴的力量,让它成为这种景色下非常适合的乐器。他浑身颤抖,电流穿过他的脊椎,使得他难以忍受。这音乐完全契合这片黄土地、这些陡峭的孤峰、远处的扇形山峰、古老的地质时代的怪异情景。

在家里,他又去翻他收藏的碟片,找管风琴音乐。不多,只有阿尔沃·帕尔特①的《一年又一年》,以及他的《三学科》里的几支曲子,还有几张其他的。在下一次出车时,他放了这些碟片,发现如三宅一生②的"风琴褶"般的费里斯山脉,正适合帕尔特的"Mein Weg hat Gipfel und Wellentäler"③。他在独处时,能纵情享受辽阔的风景,沉浸在声音的激浪中,将地质演变成音乐,感到无比的兴奋。

又一次,他在开车时,注意到了温德河流域上空的一层脏兮兮的黄色烟雾。他将车停在三齿蒿丛中的一个很小的便利店旁加油,向站在柜台后面的那个老人询问,那是什么,也许是灰尘?

那个老人的脸上长了许多疣和雀斑,似乎是由砾岩构成的。他翻着白眼。"污染。是烟雾。是那该死的、不祥的填充沼气工程造成的。每十公顷,就要挖一口井。以前在怀俄明从未见过那烟雾。你正在目睹她开始死亡。那些嫖客抓住了她,他们让她跪下,任何一个牛仔裤

---

① 阿尔沃·帕尔特(Arvo Pärt),1935年9月11日出生于爱沙尼亚,古典音乐及宗教音乐作曲家。
② 三宅一生,1938年4月22日出生于广岛市,时尚设计师。
③ 德语,意为"我的人生道路是起伏不平的"。

里有五美元的假阔佬走过,就把那刺棒给她,说,'吮吸他的阴茎。'"

米歇尔觉得这种描绘野蛮而令人作呕,安慰自己说那个来自偏僻之地的老人并不知道那黄色的烟雾是什么,就抓了一只替罪羊。

在他继续往前开的路上,他让自己面对现实;要了解这个地方,不仅是开车行驶在乡村小路上,并拿音乐去配陡峭的地形,他来得太晚了。他渴望步行去到还有灰熊和山狮的阿布萨罗卡斯的崎岖地带,进入贝尔图斯、温德河流域和瓦沙基山脉,进入索罗弗尔和黄石的边远地区,但是,他对这些最无情的、无路可走的荒原的无知,让他泄了气。

到了三月份,冬天暂时开了条裂缝。那风变成了温暖的奇努克风①。雪堆融化成大片雪水,渐渐地渗入牧场。温度计触到了七十度。过了一夜,那宜人的天气又转回去了,那温度就像一个踢落在地又反弹的球那样,从悬崖上掉了下去。第二天早晨,乌云压顶,冰冻的草原上飘起了漫天大雪。

"春天的暴风雪。"米歇尔说,他被困在家里,感到很生气。他找来了一堆有关野生动物的杂志和报纸,用一根火柴点燃了火炉里的引

---

① 指吹过落基山脉东坡的暖而干的西南风。

火物，坐下来准备看一天书报。他已经知道了"杀戮"的委婉说法：收割、无痛致死、安乐死。他懂得，这个地方的野生动物和平静的土地正遭到袭击。可怕的疾病正在横扫那些野生动物：销蚀性的慢性病、鳟鱼眩晕症，还有由于栖息地受到破坏，古老的迁徙路线受到侵占而出现的神秘的相继死亡。他知道，他正在目睹这批野生动物以及这一时代的末日。尤金妮亚听到酒瓶口碰到他玻璃杯的声音时，想着当然了，没有威士忌，他不会坐在火炉旁的。

接近中午时分，尤金妮亚正在做火腿奶酪焙盘菜，听见米歇尔在咒骂。响起了玻璃杯被砸碎的声音，她猜想，他是把威士忌酒杯扔在或掉在石头制的壁炉上了。

"怎么回事？"她喊了一声。

他摇摇晃晃地走进厨房，手里的报纸发出窗户敞开时软百叶帘的噼啪声。

"这些丧失人性的怪物！"他说着，把报纸递给了她。她看到，一个十几岁的孩子，同他的母亲和兄弟们收集了一些好看的装饰性的石头，坐在他的全地形汽车上将一只叉角羚拖得精疲力竭，他用绳子捆着它，在汽车后面拖了一英里，挖掉了它的眼睛，割掉了它的睾丸，最后放狗去咬那只不幸的动物，而他母亲和兄弟们却在旁边看着，放声大笑。

"噢，不。"尤金妮亚说。米歇尔看上去似乎要吐了。尤金妮亚把报纸还给了他。他恼火地把它折了起来。尤金妮亚把焙盘菜塞进去时，炉门发出了嘎吱的声音。她朝米歇尔转过身去，意识到了他的脆弱，就像狐狸意识到老鼠在雪底下穿过一样。

"说吧，"尤金妮亚说，"现在告诉我，你多喜欢这里。"这句话一出口，两人都知道，一根撬棒已经塞进裂缝，问题要挑明了。

她开始痛责那无休无止的风、当时还困着他们的雪、噼啪作响的电力中断，然后话题又转到斯维夫特福克斯镇上的商店，人们在背后议论他们。米歇尔站在那里没作声，她知道他没有听她说话，而是在想那只羚羊。于是，她对他讲了那个从树林中爬出来的疯子。

"我要说的重点就是这个，"她说，"我要回去了。如果你非常喜欢这里，你可以留在这儿。当一个本地人。给自己买一辆全地形汽车，还有一支枪和一把刀。"

"一个从树林中爬出来的人？他很可能是迷路了，或者是有什么事。你干了什么？"

"我打了个电话给那个愚蠢的治安官办公室，过了几个小时，这个胖女人开着治安官的汽车来了，那个牧场主老太太开着她的黑色吉普车也来了。她们找到了他，把他带到什么地方去了，我不知道去了哪里。很可能是医院。那个女人说，他摔断了腿。"

米歇尔想，尤金妮亚违背了当地做人的最基本的原则——应该给一个陌生人提供援助和帮助，即使是你最恨的敌人，只要他倒下了，也该如此。在这种时刻，埃莉诺拉·菲格是必须在场的。

"我们在这里待不下去了，"米歇尔说，"这很糟糕。"

"**待在这里**？见鬼了，谁要待在这里？我受够了，你懂吗？"

"是的。"米歇尔说，目光穿过厚厚的雪地和树木，朝外面望去。

"在我找到自己的住所以前，我会住在昂纳家或父母那里。我们可以把这栋该死的房子卖掉，把钱分了。我只要离开这儿。"她来回地踱着步，厨房里充满了焙盘菜可口的香味。

"昂纳会很难过的。"米歇尔说，但是尤金妮亚在火炉里一根多节的棍子爆炸的同时发出了一阵疯狂的大笑。

"昂纳？你这个傻瓜，她甚至不是你的女儿。我怀疑她会像你说的那样，'很难过'。"于是，她提起他的实习研究生，告诉他泰勒的事（此时，她把他的名字记成了提勒），讲到普莱法尔医生以及他进行肾脏移植前那次失败的 DNA 配对。米歇尔痛苦万分，他瘦长的脸变得非常难看。为了报复，他骗她说，那个研究生只是众多人中的第一个。

"回到纽约，回去工作，去找你糟透了的父母吧。"他说，"但是我对昂纳很抱歉。我爱她就像是爱我的亲生女儿一样。我会一直这样的。"

"爱？你一点也不懂得爱。"尤金妮亚说。一只条纹鹰从窗口的喂鸟器上抓了一只山雀，溅了许多瓜子在玻璃上。

"收割了。"米歇尔说。

三天以后，道路畅通了，米歇尔开车送尤金妮亚去科迪机场，搭乘一班中途要转机的航班。前几天，他每天都同昂纳通电话，两个人都发誓说，不管那个愚蠢的DNA检查说明什么，她是他的女儿，他是她的父亲。她说，夏天，她会到他的新家来看他，但愿到那时他已经有了个新家。

当他缓慢地沿着几乎停满了车的停车场一排排开过去时，他们看见一只丛林狼大步走过那些车旁，似乎在找它自己的车。米歇尔为了缓和一下紧张气氛，说，那一定是开了一辆微型库柏车从艾克姆公司来的歪心狼①。尤金妮亚没有笑，但是，如果他提到半拖车，她会笑的。

米歇尔费劲地拉着她的那些大包，她拖着那个小一点的，在不平的走道上，那些小轮子发出不匀称的辘辘声。他陪她待在买票的队伍中。在由两人组成的安检点，他们朝对方转过身去。几乎什么都说过了。

---

① 歪心狼（Wile E. Coyote），是华纳公司发行的卡通片中的一个角色。

"再见。"米歇尔说着,拥抱了她一下。

"是的,再见。"她在他的颈旁说。

在飞机上,她最后一次朝下看了看怀俄明,白雪覆盖在黑色的山顶上,也点缀在山脉的其他地方。道路就像拆开的编织物的弯弯扭扭的长纱线。从高处看,人类的几何学似乎从来没有触及过这块土地。道路很少,偶尔有一个建了水坝的湖泊。但是下面最多的是棕色和红色的曲线,铲勺式的冰斗,谷底有大小水流穿过的陡峭的峡谷,扇形的岩石,其颜色较浅的夹层仿若蕾丝,受到侵蚀的山坡似乎被花匠用某种极大的工具扒过一样。在底下一条线一样的道路上,为数不多的几辆汽车只有针头、爬行的跳蚤那么大。当米歇尔开车出去长途旅行时,见到的是不是这些:渺小的自我,身体缩小成了孤立于一大群昆虫之外的一只孤独的小虫?人的一生是荒谬的?她想,她会问他的。但是,这当然没有发生,在这个问题上的好奇心被两个新的想法压下去了:为城市单身汉设计一个牛仔厨房,以及一种牧场厨房——在加高的壁炉上方,装上交叉的烙铁,以取代最新式的德国设计。

竞 赛

到了埃尔克图斯的居民对冬天不再感兴趣的时候了。快到三月底的时候,有多少半拖车给风吹翻的事儿已不再让人们感到有趣,长途开车去任何地方都成了令人讨厌的事情,因为即使遇到暖和的冬天,安格尔艾恩通道也是关闭的。埃尔克图斯的居民无法忍受这样的现实。他们满脑子的古怪念头,把钱都花到荒唐的赌博上面。

几年以前,留胡子竞赛的想法激起了男性居民的热情。要在当时那个季节开始竞赛,已经太晚了,但是皮维酒吧的常客签署了一份誓言(是用健力士黑啤酒签的,因为它的颜色类似墨水),从下一个冬天第一次下雪的那天开始收起他们的刮胡刀,把胡子留起来。胡子最长的那位会得奖,在下一年七月四日的典礼上会颁奖。九月十二日,飘起了几片雪花,于是,M. J. 斯皮特,那个意见颇得到人们尊重的治疗大牲口的兽医,宣布竞赛开始。

阿曼达·格里布按照牛仔竞技的常规(相当于埃尔克图斯的法规),

竞 赛

从每个参赛者那里收费十美元，设立了一笔奖金。埃尔克图斯仅有的企业是埃尔克图斯银行、西部服装及饲料商店和三家酒吧——皮维酒吧、"马迪的洞穴"酒吧和西尔弗蒂布酒吧。每家缴五十美元给这笔奖金。丙烷气推销员交了十元，但是说，他会放过下巴上的那把草的。钱存在皮维酒吧镜架上一个干净的梅森食品瓶①里。

二十七位竞争者，从十四岁的凯文·科肯达尔，到八十多岁的莱恩·迪博克，都签了名。凯文的父亲，怀尔格拉斯·科肯达尔告诉那孩子，他没有机会得到这笔意外之财的，但是凯文很坚决，用他的零用钱买了生发剂来帮助他那刚长出来的胡须快速生长。其他竞争者要求迪博克老人在竞赛开始前把胡子刮了，因为他平时出现时，总是蓄着两英寸长的卷须。尽管他表示抗议，但还是刮了脸，不过其他人觉得，才过几天，那两英寸的卷须又回来了。当他的胡须似乎固定在那长度，不再疯长时，大家才觉得欣慰。达里尔·马奇说，这是因为那些毛发深深地嵌在迪博克那张老脸的裂缝和皱纹里，脸上的深沟显示出他没有牙齿的状态。据说，在二十世纪五十年代，在一次给牛打烙印还是干别的什么事儿的时候，一头牛犊把迪博克的门牙踢掉了。当时鲜血沿着他的下巴流下，他却捡起了牙齿，在咖啡里涮了涮，又把它们塞

---

① 一种有密封螺旋盖的家用大口玻璃瓶，本来是用于腌制或保存食品的。

到那缺牙的地方。在这些牙和旁边已松动的牙掉下来之前，他就用牛仔的方式，将前额顶在门框上当杠杆，用一把钳子使劲地把每一颗牙都拔了下来。这些年下来，他成了烹饪各种玉米糊的高手，他最喜欢的烹饪方法就是先"拿一夸脱鹿血……"

那些胡子颜色很怪，质地各异。迪博克老人的八字须很短，是黄白色的。戴勃·塞普尔的胡子是像拉面那样弯曲的，颜色是黑的，但两边都有几缕白须，而怀尔格拉斯·科肯达尔的胡子又厚又硬，像火一般地红，与他儿子凯文金黄色的软须大不相同。渔猎处的巡视员克里尔·兹门德津斯基也长着一把红胡子，这一点不奇怪，因为他的头发也全是油漆店称之为"中国晚霞"的橘红色的，这种颜色同他正规的制服红衬衣绝对是撞色的。哈德·温特·厄尔夫在一九四九年的暴风雪中出生在沃姆萨特南部某个贫困的地区，他那漆黑的、笔直的八字须戳在外面，就像帽针仙人掌上的刺。一个长着一张肥墩墩的脸的英国人也加入了，他的名字就令人费解，叫什么洛伯特·普尔弗托夫特·瑟基尔。他冬天在菲斯塔·庞奇的牧场上打工，长着棕黄色的短须。克里尔·兹门德津斯基一直监视着他。他知道，那些有犯罪历史的人往往到遥远的牧场去当雇工，他们反常的爱好是偷猎，以及和任何有体温的生物性交。到了一月，竞赛参加者脸上的胡子都已经长得很浓、很长，大多数人都可以把手指伸到胡子里面去挠痒痒了，他们也都高兴做这个动作。阿曼达·格里布老是抱怨，因为那镀锌的柜台上夜夜都有撒落的胡须。

"比在酒吧里养只猫还糟。"她说。

情人节过后不久，情况就明朗了，有三四个人已经领先了——达里尔·马奇、怀尔格拉斯·科肯达尔、威利·赫森（地瓜糊的颜色），而凯文·科肯达尔让他父亲很懊恼，他那稀稀拉拉的几根胡须长度是够了，但浓密度不够。

"要把所有这些干草全割掉，是很可怕的。"马奇说。

戴勃·塞普尔不喜欢听到人家谈什么干草，说这很容易。"只要先用剪子把它剪了，然后好好地洗一个热水澡，抹上许多剃须膏，就得了。"

"最好是去兰德找索恩理发店。他弄起来很简单。你只要躺下，让他去处理好了。"

"不，最好是去萨拉托加或者去塞莫普的那些温泉，让水浸到鼻子，然后不等胡子干硬，赶快跑到理发店去。水中的硫黄可以腐蚀胡子，或者至少可以软化它们。"昆特·斯蒂普说，"当然，最好的办法是把你的刮胡刀带到温泉池去，不过，我想，他们不允许这么做的。"

"让胡子烂掉？你一定是经常钻在水底下的。"艾尔·莫特看着斯蒂普后退的发根说，"不管怎么样，我是不会剃掉任何东西的。已经长得这么长了，我会让它一直长下去的。"

尽管这竞赛在开始时是开玩笑的，结果却竞争得非常激烈。出现了一些有关胡子的问题，谁也回答不出来。阿曼达·格里布厌倦了酒吧里的一些争论：胡子是不是能有效地防止支气管炎，素食者比食肉者更喜欢胡子，胡子会令人产生政治上的激进思想。大家都在谈论胡子，不再去猜测达里尔·马奇走丢的狗、牛仔乔治在什么地方了，但是人们提出的问题都无法得到解答。阿曼达在她的休息日去找了默塞迪斯·德·西罗埃特，她是比尔·德·西罗埃特的未亡人，比尔曾以优等成绩毕业于普林斯顿大学，多年来收集了各种题材的大量书籍。默塞迪斯继承了羊、牧场、住宅及其内部的一切，包括那些书。

"啊，是的，我还保存着。我卖了羊，但留下了书。我也不知道为什么，我难得到那些房间里去。那里就像个图书馆，还有比尔过去的雪茄味。就像每天晚上有个鬼在那里抽着雪茄看书。"

默塞迪斯带路，转过错综复杂的松木壁角，穿过有圆木大梁的走廊，走进放着战利品和皮椅子的房间，最后走进一间北面有个天窗的阴暗的大房间。从地板到天花板，有几千本书堆放在整壁墙的书架上。她打开了活动式投射灯，以增强自然光，那些书名就跳出来了：《鞍伤》《公鸡之书》《与马斯卡拉上校同去苏里南》等等。

"要找一本想看的书,该怎么办?"阿曼达说,"他有没有像在图书馆里那样,把它们排列好了?"

"没有。麻烦就在这儿。他知道书在哪儿,但是别人怎么也找不到那该死的书。有一次,我在这里花了几天的时间,想找一本有关牛仔歌曲的书。他过去有过这些书,我也知道他有,特别是那些下流的。但是我却找不到它们。有一部分他是按颜色排的。瞧那儿!那些架子上全是红色的书,对吗?还有蓝色部和绿色部,除此之外,我想他是不想折腾了。对了,悬疑故事是黄色的,我就知道这么多。"

"好吧,我在找一些关于胡子的书。你有没有恰好听说这里有这样的书?"

"亲爱的,这里其他书都有。"

"他怎么能弄到这么多的书?"想到有些商店是专门卖书的,这会让皮维酒吧的一大群牛仔感到惊讶,只有欧文·亨盖特是例外,他是个读书人,即使在酒吧,他那张蜡黄的脸也是埋在书中的。她想,如果给戴勃·塞普尔一本书,他很可能会把书的封面咬掉的。

"嗯,他是在旧货店和网上买的,不过大多数是他去各个州参加有关羊的会议时买的。其他男人会趾高气扬地到处晃,比尔可不会。他会马上拿起一本黄页簿,找一家旧书店,然后去那里的书架上翻找,直到找出五六十本他喜欢的书,把它们托运回来。他住院的时候,还来了一箱又一箱的书。就堆在那角落里,我从来没打开过。那好,我就留你在这儿找,如果找到你想要的,你可以拿走。"

阿曼达·格里布从用颜色标记的书看起,发现大多数蓝色书是关于海洋或探索之旅的,绿色的书集中关注博物学或森林学。她浏览了一下书目,特别注意"胡子""毛发"和"八字须"等字。过了几个小时,她发现了那些灰尘扑扑的书的某种排列方法,所以当她找到一本名为《风靡的毛发》的书时,她一度产生过希望。可这是一本令人生气的二十世纪六十年代到七十年代美国和英国的发型照片集,同胡子一点关系都没有。看来,头上的毛发同脸上的毛发有着概念上的区别。一下午过去了,她什么也没找到,只是把手弄脏了。

"感觉应该有点什么的。如果可以的话,我以后再来找找。"阿曼达对默塞迪斯说。

"亲爱的,你想来多少次都行。我真遗憾,你什么也没找到。"

第二天下午,阿曼达·格里布到皮维酒吧去接老板刘易斯·麦卡斯基的班时,他说:"默塞迪斯·德·西罗埃特来过电话,要你下了班就过去。多晚都没关系,因为她要看老电影,会很晚才睡。她找到了你想要的东西。我说你什么时候去都行,因为今晚我就在这里看比赛。"

默塞迪斯·德·西罗埃特穿着亡夫的一套睡衣和他暗紫红色的浴衣。她身上发出波旁威士忌的气味。

"进来吧,"她说,"我觉得我已经给你找到了一本好书。不过,很难看懂。有许多外文,还有往旁边靠的字。"

"斜体字?"

"是的。给你。糟糕的是,它没有插图。"她递给阿曼达一本橙色的书,书名就是《胡子》。这是本旧书,一九五〇年出版的,但是她一翻到题为《给嗜血成性的基督徒们一些选择性的提示》的一页,就看到这里有许多关于胡子的故事。她看到,理查一世(狮心王)有一次宴请他的勇士,主菜是烤人头,那些被俘的撒拉森人在进炉子前,都剃了胡子。再往下,她看到了一篇关于胡子和素食者的文章。

"这本书很好,"她说,"你怎么找到它的?"

"很有趣。我当时是在清理厅里的那个大箱子,偶尔看到了比尔的一些笔记本。有一本的封面上,他写了'书籍检索表',我打开一看,那就是他使用的方法。他走以前没告诉我,让我很生气。每个书橱顶上都有一个小数字,你见过的。"

"我当然看到了。"

"好了,在笔记本里写着哪种书在哪个书橱里。我寻找胡子,但是一无所获。所以我又试了试毛发,结果大约有七本书,还有这一本。

你可以拿去。"

阿曼达把这本书放在酒吧很显眼的地方，很快，它就被翻脏了，沾上了各种酒精。没有一个人能很好地理解那个叫雷金纳德·雷诺兹的作者所说的一切，因为这本书是用一种夹杂着讽刺的深奥而挖苦的文体写成的，其中还有没有翻译成英文的拉丁文和法文。作者还喜欢用迷宫似的迂回说法，还以为他的读者掌握着历史、文学、航海、宗教、军事战略、辩证法、童谣和哲学方面渊博的知识呢。他喜欢讲一些过时的笑话，例如一个研究埃及古文物的人在一次挖掘中发现了一段电线，就宣布埃及人曾发明电报通讯，却被对手打败了。对方说，在亚述的遗址挖掘中，没发现这样的电线，所以亚述人一定有无线电报。不过，皮维酒吧的常客分得清好坏，这才认定，仔细研究《胡子》这本书是值得的。

阿曼达拿了一本词典来帮助雷诺兹先生。渐渐地，皮维酒吧的顾客大量地用起这些漂亮的词汇，如"蓄须者""欺诈""诺斯替教徒""尊容""赝品""存疑符号""机缘巧合"，还有那激动人心的词组 Floreat Barba！①他们读到古代长着胡子的吃马人，读到某个男修道院院长认

---

① 拉丁语，意为"胡子万岁！"

为吃得太多是长胡子的原因，从而解释为什么那些只吃水果的美洲印第安人没有胡子。此时，智慧没有出现，好奇心却猛长。他们发现，亚当在伊甸园时，并没有胡子，惩罚性的长胡子是同逐出伊甸园联系在一起的。

怀尔格拉斯·科肯达尔兴奋地发现了一个脚注，提到一个穆斯林的故事，故事说，魔鬼的下巴上只有一根胡须，不过非常长，他就拿这件事奚落他的儿子凯文。凯文就去翻那本书，最后他找到了一篇文章，里面描写一种文明，要杀死他们中间所有满脸红胡子的人。

有许多胡子的样式很时髦，如缠一些金属线在里面、涂些染料、撒上点金粉，阿拉伯人的尖胡子，埃及人的垂直的假胡子，亚述人超卷的胡子，赫梯人的满腮胡子，编成辫子的胡子，可以分开后再围着耳朵绕圈的极长的胡子。这些做法听上去十分诱人，但没有一个参赛者敢为了式样而牺牲长度。维克·瓦斯常常拿起书来朗读一些片段，用自己的方法瞎读一气中世纪的法文、教堂拉丁文和古英语。

"天哪，"欧文·亨盖特对那朗读者说，"别读了，行吗？听上去像是在模仿安伯托·艾柯①。"

---

① 安伯托·艾柯（1932—2016），意大利作家、哲学家、符号学家、历史学家和文学评论家。

"谁?"维克说。

"我认识他,"迪博克老人说,"伯特·艾克尔,以前老是给鲍勃·厄特利打工的。他去内华达了,现在在一家养老院里,一家为老牛仔办的养老院。"

欧文·亨盖特微微地抬起了他的手,又放下了,解释是没用的。

那些留胡子的人在萨克镇的沃尔玛药房里寻找能激发胡须活力的药膏和涂抹剂。他们敦促药剂师去进一些新的、改进型的产品。迪博克老人窸窸窣窣地翻遍了床底下的盒子,发现了一九四六年出版的一本杂志《真正的西部故事》,上面登了一个广告,推销一种设备,转动起来,可以发出微弱的电流通过全身。广告还说,这对刺激须发生长肯定有用。照片上三个人的头发加在一起,可以塞满一个床垫。他从储藏室里找出了一条很旧的电热毯,睡觉时把它塞在下巴下面,很高兴地吸收着可以刺激胡须生长的电流的精华。达里尔·马奇把他的胡子放在伟哥的溶液里涮,不知道有没有直接效果。

到了四月末,大多数人的胡子都已经长得又浓又硬了。男人们团团坐在皮维酒吧里,看着别人脸上的装饰品。达里尔·马奇领先,但是此前他曾经领先,又被别人超过了,威利·赫森的胡子比他长了半英寸。阿曼达·格里布一天要被叫过来六次,就为了测量某个人的胡子。她有一把小小的卷尺,是克里尔·兹门德津斯基以前送给她的。他曾经用它来测量动物的踪迹和外州捕鱼人的鳟鱼。然后，两年前他爱上了阿曼达，给她送一些渔猎处的职员们觉得远远胜过巧克力和鲜花的礼品：一个未被占用过的黄蜂窝，一团狼粪，一只尖尾松鸡骨盆上的骨头，还有那把微型卷尺。阿曼达喜欢上了一个卡斯珀人，这段韵事就被淡忘和结束了。那个人发明了一种洗手液，他称之为"布卡罗护手霜"，他在满是牧场工人的顾客群中，经常说些庸俗的俏皮话，因而引人注目。

阿曼达说，她朋友到三十五岁，就会是个百万富翁。

"按照我的计算，那应该是十年前的事。"克里尔刻薄地说。他已经习惯于在皮维酒吧度过他的下午，一只眼睛紧张地盯着正面的玻璃窗，留意着渔猎处的车辆。由于他那不受欢迎的自由派的观点，他成了他上级的肉中刺，他们想尽办法要开除他。阿曼达·格里布也留神地观察着，看到那个部门的卡车在外面闲逛，就发出嘘声："走吧，笨蛋。"于是，克里尔就躲进存放空箱子和臭烘烘的拖把的后面一间屋子里。

克里尔最好的朋友是另一个单身汉，普拉托·巴克卢。普拉托是他在林业局工作的和他同级的朋友，一个白皙的、好斗的大个子，经常与人打架。一些人发现，他提倡建立无路的荒野地区、养狼和用马来伐木的这些主张，危险地脱离了传统的观念，因此那些人称他为"榆木脑袋"。阿曼达也为他发警报。她会说,"我当然想吃点开心果冰淇淋了",这意味着,那种颜色的林业局的车出现了。这两个惹麻烦的人一起喝酒、打猎、钓鱼,商量着是否可能辞掉各自的职务,办一个咨询公司,不过谁会来找他们咨询,以及咨询些什么,都是不清楚的。周六下午,他们常常在克里尔的厨房里待着,克里尔在钓鱼竿上扎制假蝇,普拉托用火鸡的翅膀骨头做哨子。他们之间还有一个纽带:他们的曾祖父都曾在拉腊米的属地监狱里待过;塞法斯·巴克卢,一个从俄亥俄来的抹灰工,从夏延的代养马房里偷了一条马毯,而 C.C. 阿尔克逊,一个从波士顿来的船上的木匠,因为想要子虚乌有的三张狼皮的奖金,做了伪证,被关入了监狱。他是克里尔·兹门德津斯基母亲的嫡系亲属。但是,兹门德津斯基的父亲同一个嫉妒心极强的牧场主发生了冲突。他父亲曾用妻子的名义为几家真正的宗教性杂志写西部爱情故事。他大多数故事的灵感来自牧场主们的妻子。一个多疑的丈夫发现老兹门德津斯基关注着他妻子不忠的证据,就在他关牧场大门的时候把他给枪杀了。两年后,克里尔的母亲死于乳腺癌并发症,他痛苦地同他妈妈的妹妹及其丈夫在营地过了几个月,就被送到少年收养所,作为一个孤儿长大了。

这两个朋友相互帮助,度过困境,例如那次普拉托在能见度为零、伸手不见五指的暴风雪中把车开离了道路,跌进了为埋葬达里尔·马奇杀死的马而挖的一个土坑,这个坑,除了一匹马,还是保持原样,没有填满。而这个凹坑同林业局卡车的大小一模一样。两个朋友花了大半夜的工夫,才用重型三脚架和绞车把卡车拉了出来。

四月的这一个下午,除了阿曼达和迪博克老人之外,酒吧里只有克里尔一个人。他进来时非常渴,因为当时这个州干旱得厉害,在狂风大作的草原上,小湖和池塘全干涸了。风从干涸的池塘底上将碱末吹起,含有矿物颗粒的气流向东飘去。克里尔刚才开车穿过含有这种物质的雾霾,嗓子很疼。在啤酒安抚过的喉咙中,少有比这更干裂的。

他能在镜子里看到自己的胡子,并没有感到不快。胡子长得很密,而且有向下弯卷的倾向,从而掩盖了它真正的长度。他觉得,最后那天用卷尺测量的时候,他会名列前茅的。

"我再要一杯。"他对阿曼达说,后者给他倒了一杯新鲜的啤酒,熟练地把酒杯从吧台上溜了过来。他刚举起玻璃杯,正门外摩托车的强大轰鸣声引起了他的注意。一个超重的、上了年纪的人从一辆像短腿马一样大的银色车上下来。他头上戴着一条扎染印花头巾,嘴上围着一条红色的丝巾,其风格就像经典的驿站马车抢劫犯。他走进酒吧,解开了丝巾,拉掉了扎染印花头巾,克里尔·兹门德津斯基的嘴就张大了。从丝巾下面露出了大片的白胡子,可以塞满容量为一蒲式耳的圆篮子。它从这个人的上嘴唇一直覆盖到腰带的搭扣，而且具有雪一样的闪亮的白色，似乎有一轮满月在背后照着。大量的头发像两条密苏里河流入密西西比河一样，掺了进来，如果在一个小个子人身上，这应该是鬓角。而且，他从头顶到肩胛骨披着浓浓的银发波浪。克里尔·兹门德津斯基慢慢地意识到，他在观看海啸似的胡子。

这个陌生人不去搭理阿曼达·格里布凝视的目光，要了一杯啤酒，但是在喝酒以前，他从胸前的口袋里拿出一根银色的吸管，喝巴拉圭茶的人喜欢用的蒲苇管。阿曼达·格里布点头表示赞同。她经常被叫去测量那些潮湿的胡子，沾满了干掉的蛋黄、残留的芥末、零星的面包屑——那面包屑就像抓住绳索在游泳池上面晃悠的孩子。而这里有个爱护自己胡子的人。那泛黄的光芒、那完美的蓬松感、那飘出的淡淡的玫瑰花瓣的香味，一切都表明，正如雷金纳德·雷诺兹会说的那样，他是一个蓄须 meister[①]。

克里尔·兹门德津斯基想看一下陌生人的执照，他溜了出去，以为那会是一块蒙大拿的牌照。当时，从库克城到利文斯通，到处都是稀奇古怪的人。或者，他可能是从内华达来的，在那个州里，到处都是浓胡须的人，只有拉斯维加斯是例外。这个陌生人在拉斯维加斯会

---

① 德语，意为"高手"。

是个威胁，因为他很容易把整副牌藏在他脸上的胡须里。当克里尔发现那是罗德岛的汽车牌照时，他感到很无奈，在他想象中，罗德岛这个州只有沃尔玛的停车场那么大。这辆摩托车还有一点值得看的——那是一辆新型的哈雷车，软尾威路德车系的车。克里尔已经存了十一年的钱，就想买一辆哈雷车，但不是这种水冷型的，他知道，这种型号的车一定花了那个满脸胡须的人十七张百元大钞。他摇着头，又走进了皮维酒吧。阿曼达在看他，于是他用口型说："罗德岛。"

"找到你想找的东西了？"陌生人说，这时，克里尔才意识到，那人一直通过酒吧的镜子注视着他。

"只想知道你是从哪儿来的。"克里尔喃喃地说。他能感觉到他自己的胡子无地自容了，有点不想搭理那个东部人了。

"既然你想知道，那我就告诉你。一九三九年十月十三日，我出生在新泽西州的西考科斯。我名叫拉尔夫·考珀斯。我的父亲海登·考珀斯曾经是一位成功的湖泊学家，我的母亲弗吉尼亚·拉斯林在第二次世界大战前曾在婆罗洲学习蜡防印花，然后在新泽西纺织学院负责管理亚洲纺织品。我上了普林斯顿大学，以最优异的成绩毕业于该校，研究生时学的是人类工程学，结了婚，离了，有一个女儿，在东部各种糟糕的地方教了三十二年书，上周我退休了。我来这里是要探望默塞迪斯·德·西罗埃特，在那遥远而美好的日子里，她已故的丈夫曾与我住在普林斯顿的同一间宿舍里。我打算买下他们那里牧场外围的小屋，装修一下，搬到埃尔克图斯来过退休生活。这对你有帮助吗？"

克里尔涨红了耳朵，对阿曼达说了声"再见"，就离开了酒吧。

他上了卡车，看见普拉托·巴克卢夹着一只帽盒从西部服装及饲料店走出来。他那伤痕累累的脸和乌青的眼睛表明了周末他在远处停车场打架的结果。普拉托喜欢打架。

克里尔招手让他过去。

"你要是想找不痛快，就去皮维酒吧，看看谁坐在吧台旁边。再去折腾那该死的胡子的事，是毫无意义的了。"不过，就在他说这句话时，那个陌生人从酒吧里走了出来，开始把他大片的胡子扎在围巾里。

"天哪。"普拉托说着，抓抓他的胯部，这是他在部队里养成的紧张时候的一种习惯。

他们凝视着那人发动了他的威路德，飞快地开走了。

"他要搬到埃尔克图斯来，"克里尔阴郁地说，"他要买下德·西罗埃特那里的牧场外围小屋。"好一阵沉默。

"你知道，"普拉托·巴克卢说，"我不喜欢那些新型的威路德车系的车。如果我要买一辆摩托车，那该是一辆老的水牛牌。你听说过吗？"

竞　赛

"听说过，但从没见过。听说，那种车从来没有离开过制图板。"克里尔·兹门德津斯基说。

"这就是它最大的优点。"他朋友神秘地说。

"那我就骑匹马吧。"

就他们而言，胡子竞赛已经结束了。

沃姆萨特的狼

巴迪·米勒是一个不喜欢和其他车一起开在大路上的司机。这种厌恶同别人分享高速公路的情绪，经常让他把车开上横穿草原的崎岖小道，或者开进旧石子路的迷宫。其中有些是捷径，但大多数路径很长，少数真是烂泥路。

他生长在离格雷布尔三十英里的一个没有红绿灯的小村庄里，八岁就学会了在他父母的甜菜农场边缘的道路上开车。

巴迪中学毕业后才一小时，他父亲就给了他一杯啤酒，说："说吧，以后怎么办——上大学，还是工作？"

"工作。"巴迪说。

家族之光是他的堂兄赞恩，是个在德纳里国家公园工作的野生生物学家。他每年感恩节都回到怀俄明来看望家人。他到了三十八岁还是单身，巴迪不喜欢他，认为他可能在那方面有点古怪。他一直在寻找赞恩露出马脚的迹象，不过赞恩是个很好的演员。他的"专业领域"，正如他用傲慢的语气说的那样,是狼。不过,他以前曾研究过热带狐蝠。他对家人大谈狼的行为、狼的生理机能、对狼犯下的罪行。每年圣诞节他寄来的卡片上画的都是跃过雪地的狼。在赞恩一次来访时,巴迪的母亲说了一句,赞恩在帮助维持自然界的生态平衡,是件多么美妙的事,赞恩却板起了脸说,自然界生态平衡之说,早就过时了。

"没有一样东西是真正平衡的,就想象一下正在玩的扑克牌吧,譬如,抽了五张好牌,但是一切都在变——钱、手中同花顺的那组牌、打牌的人,甚至桌子,天气会影响每一把牌的赌注,更何况你们是在周围房子正在倒塌的房间里打牌。"

巴迪和他父亲交换了一下眼色,他们难得有一次是持有同感的。

"真实的情况是,在大多数时候,我们不知道自己在干什么。徒劳无益地说一种观点,又一种观点……"

"赢了就走。"巴迪的父亲说,桌上就没人说话了。

一开始,巴迪为父亲打工,但是老人脾气不好,儿子又总是说错话。沼气兴起的时候,他就到波德河流域的一群人那里去当油井修建工。几个月以后,他对钻井指挥者出言不逊,被开除了。他去了丹佛,在那里找了个室内的工作,当灌浆工的助手。被解雇后,又找了一份拉丁美洲女人常干的活:用事先割好的立方体形状的硝石赛璐珞做骰子。但是那种挥发性溶剂让他头疼得厉害，而且钻孔和漆小圆点非常乏味，于是他又回到了建筑业。

他责怪城市环境加剧了他的压抑感。他无法习惯那么多人。而丹佛，尤其是十六街，全是身穿堆叠牛仔裤、喝得半醉的畸形的印第安人，还有从木炭到奶酪色，肤色各异的女人。街上到处是人群，而切里河流出的那一点点水，无法让在高原上来往的人们的黑皮肤增白。有些旅游者在相互问路。当他们发现那里只有快餐和卖T恤衫的商店，还有市场街旁边那个长着人的膝盖的金属水牛组成的傻乎乎的雕塑群时，他们脸上的表情在说："我干吗要来这里呀？"除了这些，他还有他自己不喜欢的东西：穿着西装的傻瓜，穿着宽松短裤的光头仔，走到街上来抽烟休息的服务员，分享着一只沾了焦糖的苹果的一对女同性恋者，在炎热的九月穿着貂皮上衣老出汗的黑人，饰有雪崩、落基山和野马的帽子，到处晃悠、闲逛、等待着莫名其妙的未来的人们，大家都说一些西部山区的切口。还有他的老板，在下命令时，一定要肯定别人听懂了他的话，老是说："你看着我了吗？"巴迪忍了一年，然后同修沟工打了一架，说了一声"去他的"，就往北找回家的路了。

在他开车来到离怀俄明边境一两英里的时候，开始下雪了，一些稀稀拉拉的干雪片。地图上标出一条石子路朝西穿过泰赛廷的邻近地区。他一直留意着这条路。他还以为自己大概是错过了这条路，就开到一个牧场的入口处，想掉头转回去，结果发现这正是他要找的那条路。他能看到这条路向西朝着远处的梅迪辛鲍斯延伸过去。

这条路崎岖不平，有很多猎人的卡车留下的坚硬的车辙，但还可以通行。虽然有雪，但地面是干的。他的吉普车扬起一阵冷飕飕的黄色灰尘，与雪片混在一起，在空中飘了好几分钟。

他父母看到他时，装得很高兴，但是从一些小地方让他知道，对他们来说，他把事情弄糟了。这一年的甜菜收成很好，他们已经安排好了要出去度假。现在，出乎意外地，他回来了，这位捣乱先生。

"你们要去坐船旅游？去吧。"他说，"我会去找房子，自己做饭。在我找工作期间，我就待在家里。我赚了足够的钱，我会买我自己的食品和杂物的。"

"啊，天哪，我能想象到我们回来时的情况，脏盘子、烂泥、灰尘……"他母亲抱怨道，"其实我并不想去坐船旅游。那是你父亲的主意。我并不稀罕冰山。"

但是他说服了他们，他们还是去了。一开始，他一个人住一栋房子，感到很愉快，他使了好大的劲，保持干净。他滑入了童年般的寂静，睡得很沉，就像湖底的一块石头。

他们走了十天左右，有人在他去酒吧时闯进了他们的家，把他们家搬空了，拿走了两台电视机，厨房用具，包括那台洗碗机，他父亲的高尔夫球杆,他曾答应他母亲要为她冷藏起来的毛皮大衣,他父亲的硬币收藏。他记得他曾对母亲说,她应该带上那件毛皮大衣,在冰山里会很冷,但是他母亲带走了她那件海绿色的镶着狼毛皮的带帽厚夹克,这件衣服总是会从牧场主那里赢得阵阵赞扬的笑声。

"这件衣服有拉链,"她说,"那件大衣没有。"

当他跟跄地走进去,发现一切都被翻了个儿或者消失了的时候,已经很晚了,是凌晨两点以后。他叫来了警察,但是他们似乎认为,那是他自己干的,是他通过某个销赃者把偷来的东西卖了。直到在卡斯珀的一家当铺中发现了搅拌器和高尔夫球杆,而当铺的那个女人看到他的照片却摇摇头时,他们才改变了想法。

"拿那些东西来的人是一个小伙子,皮肤有点黑,但不是——不是黑人。我不知道,也许是个墨西哥人,也许是个印第安人的混血儿。也许是个阿拉伯人。"

这种想法让他们警惕起来,一个阿拉伯人在怀俄明到处乱窜,入室抢劫。

然后,在夏延的另一家当铺里发现了硬币收藏和一台电视机,警察告诉他,这表明,抢劫犯是往林肯或丹佛逃窜的。很可能是丹佛。他们说,对于入室抢劫犯来说,丹佛更合适,林肯是银行抢劫犯去的地方。那件毛皮大衣,那只电饭煲和洗碗机,还有另一台电视机都没有出现,他很怕他父母回来。

情况正像他想象的那么糟,一片尖叫声和谴责声,他激动地保证会赔偿他们,他父亲摇着头,表示出"我对你说过"的那种厌恶神情。

"在这里根本没有人干这种事。"他母亲说,这样的灾难冲掉了所有关于冰山和船上快餐的记忆,"我当时就知道我们不该去。"她瞟了她丈夫一眼,语气中带着一丝得意。巴迪低垂着脑袋,准备经受这场暴风雨的袭击。

"他们觉得这可能是伊拉克人干的。"他说了一句谎话。然后他又犯了个错误,怪他父亲没有买保险,否则这些损失是可以得到赔偿的,这下子他父亲的火山爆发了。父亲大喊大叫了一小时以后,问道,他现在连工作都没有,怎么来赔偿他们。巴迪砰地关上了门,出走了。

他开着车到处转,想冷静一下。他碰到太熟悉的路就掉头,想去一些新地方。回来是个大错误。情况比以前更糟了。他不能留在这里。他要去另外一个地方,找一个讨厌的工作,每周寄给他们五十来美元,或者随便多少。他想,他要去某个像格博、乌尔姆或墨纳那样的几乎已经消失的城镇,既遥远又艰苦,去勘探一些新的糟糕的烂泥路。他不会买电话。他们要同他保持距离,就让他们保持距离吧。但是他最后去的是沃姆萨特,那里的沼气业正在蓬勃发展,可能会赶上三十年代和七十年代的幸福的石油年代。唯一的问题是他已经安排好,他最后一张工资单和储蓄中剩余的钱会寄到他父母那里。不过他母亲答应他，他一旦有了通信地址，就会把那些钱寄给他的。

沃姆萨特是一个很糟糕的地方，离 I-80 公路只有毫发之距。第一条街是一连串的加油站和便利店。有五六条短短的街道就像梳子上的齿一样杵在那条街上，这里有成百上千的活动房屋和几栋住宅。朝着沙漠延伸过去的又是好几条盖着活动房的街道。他看到，整个城市就是一个极大的拖车停车场，每一个活动房前面都停着小卡车，牌照有得克萨斯的、俄克拉何马的、路易斯安那的、内布拉斯加的、加利福尼亚的，表明了追随着能源开发而迁移来的气田和油田上的吉普赛人的身份。他觉得，这才是真正的怀俄明——全是些贫困的打苦工的暂住者，他们像钉子一般倔强，但很不安分，哪里钱多，就去哪里。

他去看的那栋单人活动房，坐落在离城五英里的一片红沙漠中，在一条崎岖的、拱形的岩石小路的尽头。广告上说，它是"备有家具的"，四十美元一个月。他看了一眼，就讨厌它。外墙是斑斑点点的棕色，门上涂着难看的标记，写的是"金刚"二字，起居室里满是污渍的沙发上的图案是海葵和破碎的坚果外壳，地毯上全是面包屑，根据上面纵横交错的压平的路线，他能看出，有人曾用吸尘器把地毯吸过。在沙发上方，一只巨大的鹿头标本占据了大部分空间。他想，要是它掉下来，很可能会砸死人的。在沙发前面是一张自制的咖啡桌，桌腿奇丑无比；桌上有两只瓷制的小猫，在一个被香烟头弄黑了的、印有图案的金属烟灰缸旁边戏耍。

"瞧，一切都准备得妥妥当当的。"房东的女儿库蒂，一个穿着肮脏的运动裤的胖女人，一边打开墙上的开关，一边说。她扭开了那个小水槽的水龙头，流出了一小股黄水。像洋娃娃那么大的煤气灶冒出小小的蓝色火苗。灶后面的墙上贴着色彩不协调的铝箔，都已经褪了颜色，而且全是皱纹。床就在厨房的灶具后面，中间只隔了一只沾满了食物残渍的木头箱子。他觉得，如果他想不起床就煎鸡蛋的话，倒是很方便。

墙上用红色和白色的带子装饰着，门框和窗框周围都有漆成蓝色的扁带饰。厨房的墙顶上漆着"爱上帝"几个字，而且重复了几遍。半堵着浴室门的是一辆便宜的健身车，看上去像有踏板和微型把手的一块熨衣板。在浴室里，他注意到了一台很小的热水器，容量为五加仑。他在淋浴的时候，动作一定要快。

在离开时，库蒂又一次提起了那个炉子："其他几个煤气头没火，不过，不管怎样，你每次只能用一个，对吗？"

他想说"不对"，但是没说。他们之间有一句话没挑明：一个月四十美元，你还想要什么样的？

"我要了。"他说。他一旦找到了工作,也就是来睡个觉。

那天夜里,他裹在睡袋里,听着附近郊狼的尖叫声和时起时伏的嚎叫声,但是,临近早晨,五点钟的时候,窗子上露出了乳白色的亮光,他听到了一阵更低沉的吼叫声。他想,这是谁家的狗。于是就此起床,开始了一天的生活。他在罗林斯有一大堆事儿要干。那是离这里最近的城镇,那儿有真正的商店。

在拐角附近,还有另外一栋拖车式活动房,显然已经住了人,因为屋前有一辆卡车,还有衣服在绳子上飘动。在这栋房子周围全是汽车垃圾、马拖车、油桶,还有侧面有个洞的玻璃钢船。一堆篱笆柱子有一半躺在车行道上。在这些东西周围掉头的轮胎印子表明,它们已经在那里放了好一阵子了。根茎为粉红色的盐生草挡住了背景。主人家养着狗。他想,黎明前就是这些狗在叫。

过了几天,他意识到,在离这里约一英里远的沙漠里,还有第三栋单人活动房。有一天,他朝那里走去,经过一辆古老的卡车的残骸,不过轮胎还很结实,车门上写着 J.O. 牧羊公司字样,字迹已经褪色。站在那里,他能听到远处钻井的钻孔声。

这栋活动房已成废墟,完全倾斜了,因为它的西头已经从煤渣砖的柱子上塌了下去。所有的窗户都给砸坏了。他走了进去。地板摇摇晃晃，发出嘎吱嘎吱的声音。有一只像老鼠那样的东西蹿进了地板附近的洞。桌下有一些沾满沙子的破布和一只小运动鞋。没有椅子。到处都是一堆堆的干草和成百上千的屎坷垃。那刺鼻的麝香味让他打了个喷嚏。

"林鼠。"他大声说。他打开了柜子门。在那间小卧室里，墙上钉着一张一九七三年发黄的报纸上的一个故事：有几家人曾从不讲信用的开发公司那里买了沃姆萨特南面的土地。故事中引用了一个买主的话："我们的梦想实现了，拥有了我们自己的牧场。我们是新的开拓者。"有人在这段话下面用红笔画了条线。这条线一直延伸到旁边的空白处，接着用同一支红笔写着几个字："爸爸说的"。但是，这则故事报道说，城里人说，这些"开拓者"无法在这里度过一个冬天，沙漠里也长不出庄稼。上面还附着一张照片，那是一个坐在活动房台阶上的六岁左右的女孩。巴迪仔细地看了看，觉得那可能就是他租的那栋活动房。

但是吸引他注意力的是他隔壁的那栋活动房。在第一个周末，正当他从自己的房子底下清扫垃圾时，有什么东西咬了他一口，他的胳膊就肿得像电线杆那么粗。在罗林斯的急救室里，他们认为，可能是响尾蛇咬了他，所以在打了抗蛇毒素和破伤风针以后，还命令他休息一周，不得活动，不能钻到阴暗的拖车或床底下去。他感到很不舒服。在恢复期间，他就关注着他的邻居。

在阳光明媚的日子里，一个小男孩在车道上拿着一把塑料枪，玩打仗的游戏，一个天天穿着同一条条纹裙的妇女坐在台阶上抽烟。一个婴儿在泥地里爬行。风儿吹动着那妇女的橘黄色的长发。她看上去有点眼熟，就像所有金色头发的胖女人一样，也许是因为他母亲的体形就是这样的。他给她起了个绰号，叫"胖妻"。在工作日，要到傍晚，院子里才会有车。早晨，天还没亮，柴油机的隆隆声就把他吵醒了。邻居干着什么工作，干得很努力，时间也很长。在周末，一辆很旧的动力运货车来了，一个满脸胡子的笨拙的大个子，穿着松垮的牛仔裤和有流苏的鹿皮衬衣，戴着一顶破帽，在这活动房内消失了几个小时。这个人（巴迪把他叫做"大男孩"）似乎是一个弓箭狩猎者，因为有时候，他和那个努力工作的父亲（这是"老爸"）会走出来朝着一个干草堆射箭，他们在那里捆了一只塑料的鹿头作为猎物。老爸看上去也很面熟，但他说不出在哪些方面和为什么面熟。他猜想，大男孩是老爸的好友，或者可能是小舅子。射箭比赛结束以后，老爸就点燃烧烤炉，而大男孩在平底锅上烧什么东西。巴迪能看见他在用他的猎刀翻肉。

到目前为止，一切还过得去，然后，他们的狗开始过来了。他在吉普车里放着一袋垃圾，准备下次去城里时扔掉，但是有一天早上，他又惊讶又扫兴地看到有只狗叼着一块发霉的面包从他的车上跳出来。吉普车上到处是垃圾、咖啡渣、腊肉油、塑料袋，他花了好长时间才把车清理干净。干完了活以后，他就朝他们的活动房走去。

老爸用胶合板造了一个有扶手的三层台阶的入口通道。通道旁边是一个用废木料搭起来的披屋，在正中的柱子上挂了一个篮筐，用牛奶箱装的一箱箱汽车零件排在地上。

胖妻打开了房门。同她一起出来的是一股香烟味。

"什么事？"她说着，又点燃了一支。

"你好，我是你们的邻居……巴迪·米勒，嗯……我觉得你们的狗有点问题。狗。那只棕色的。"他家的狗有两只是黑色的，一只是棕色的，品种全都不明。

"巴迪·米勒！我就知道有什么情况。我对雷斯说过，你看上去真的很脸熟。"

他凝视着她。那红色的卷发在根部显出黑色，那长长的发梢散落在她肩旁，就像潮湿的酒椰叶的纤维，更细的发丝和她身上穿的那件肮脏的带帽厚夹克的羊毛纤维缠在一起。她油光满面，简直像包了金属。在她身后，他能看到一张棕色的椅子，地板上到处是衣服和玩具。

"我是切莉。中学里的切莉·拜厄斯。现在是切莉·惠姆。我和雷斯·惠姆结婚了。"

他渐渐地想起来了。中学的那个恶霸雷斯·惠姆，在十年级的时候辍学了。惠姆曾经是个道德败坏的反社会者。切莉·拜厄斯，那个超重的懒姑娘，由于不安全感而很容易在性关系上吃亏，也是在差不多的时候消失的。

"进来，喝杯咖啡。"她鼻子边上有一排化脓的丘疹。她朝左右踢着玩具，在垃圾中开出了一条路。他很不情愿地走了进去。里面全是烟味、垃圾味和粪便味。电视机断断续续地显示出一些颜色。

"你们在这里干些什么？"他浅呼吸着说。

"雷斯现在在为哈利伯顿工作。他以前为钻井公司工作，但是井冻住了，喷发时有点伤到了他。他得了脑震荡。那是在去年。我每个礼拜五在学校的咖啡店里工作。"

他从她说话的口气中听出来，她把咖啡店的工作看成是一种职业。

"巴贝特在上学，二年级了，那是弗农·克拉伦斯……"她指着一个手中捧着一盒子玉米花胶糖的、面相愚蠢的四五岁的男孩说，"那是婴儿莱。"那个包着尿布的婴儿正朝着他们爬来，他那沾满了毛绒的黏糊糊的手指抓着一辆红色的小车，巴迪认出来这是一辆阿斯顿·马丁车。那孩子抓住了巴迪的膝盖，爬着站了起来，还把玩具塞给他。

"扯！①"孩子说。

"是的，是一辆好车。"巴迪说。他能看见里面房间有一张床，上

---

① 这是因为婴儿发音不准，把"车"说成了"扯"。

面堆着肮脏的被子。

"扯!"

切莉将剩下的咖啡放在锅里热了一下,把那刺鼻的液体倒入画有"去挣钱"字样的陶瓷杯里,在他面前放了一杯。她没有提供牛奶和糖。她坐到桌旁,吹她的咖啡。

"十二月,在圣诞节前一周,我们还会生一个。对一个孩子来说,生日离圣诞节很近,是很不公平的,但是在干那事时,你当然不会想到此事。"她说话的方式很直爽。

那婴儿严肃而紧张地盯着巴迪,好像要发表人们从来也不知道的伟大的科学真理似的。他的脸涨得通红,前额的筋都暴出来了。他"嗯"了一下,噗的一声就把他的尿布塞满了。

切莉在离巴迪的咖啡杯不到十八英寸的厨房桌子上,替他换尿布。此时,他朝四周张望了一下,为的是不去看她擦莱的脏屁股和阴囊。地板上有几根羽毛插在一团凝固的东西上。一小团一小团被踩过的口香糖就像颜色浑浊的海洋中的群岛,到处是爆米花的碎片、线头、纸屑,还有一个压扁的麦当劳纸杯和糖果包装纸。在这个房间里,杵着一台挂壁式的电热器。顶上放了三个咖啡杯、两只啤酒罐、几只装满烟头的烟灰缸、一只小小的塑料狐狸,还有一个药瓶。透过药瓶的黄色塑料,他能看到那深色的胶囊的形状。

切莉将那一大包尿布扔进一只无盖的桶里时,突然响起了"扑通"一声。那里早就放满了香蕉皮、咖啡渣和很久以前的尿布。

那个大一些的孩子,弗农·克拉伦斯,侧身沿着沙发朝挂壁式的电热器走去。他的两只小手抓住了一只啤酒罐,摇了摇,把它扔在地上,又试了试另一只,这只发出了充满希望的液体晃动声。他喝了剩下的酒,热啤酒沿着他的下巴流下去,浸湿了睡衣的领子。巴迪不知道是否应该对切莉提一下,那小孩在喝啤酒,最后决定不说为妙。那只刚喝空的罐子滚到沙发底下去了。

切莉突然站了起来,扑向食品柜,拿出了一只盒子。她将几块撒满椰子丝的光鲜的粉色小蛋糕倒在一只缺口的碟子上。

"来吧!拿一块!"她把碟子送到他面前,就像莱刚才举着那玩具车一样。

他拿了一块。一小块椰子壳像一颗钉子似的插进了他的手指。他把蛋糕放到桌上。莱抓住了它,边嚼着那糕点,边嘟哝着"扯!"在屋子的那一端,弗农·克拉伦斯开始号了起来,明显地指着莱,后者的脸上全是粉色的糕点。

"给你!抓住!"切莉喊着,朝那个孩子扔了一块蛋糕过去。那块蛋糕击中了咖啡桌上的烟灰缸,飞出了许多烟头和烟灰。

"我该走了。"巴迪说着,站起身来,"我只是想说一下那些狗……

狗。还有就是自我介绍一下。"

"我真激动,"切莉说,"在学校里的时候,我一直很喜欢你。所有的姑娘都认为你很性感。等我告诉雷斯,我们的新邻居是谁时,他一定要昏过去了。"她从桌子上的盒子里抓了一支烟。

"替我向他问好。"巴迪说着,费劲地折腾着那门锁,这是一种防止儿童乱动的复杂的设计。他在退出去以前,环视了一下那房间。那个过分讲究的弗农·克拉伦斯正在从他得到的糕点奖赏中挑出一个烟头。

与惠姆的活动房相比,巴迪的房子似乎是个舒服的避风港,他迅速地铺了床,洗了碗碟,免得变成他们那样脏乱。

那个星期六,天气反常地暖和,他的感觉比过去的一周要好,就去城里买食品:巧克力棒、猪排、冷冻的薯条、冷冻的奶蛋烘饼、两块烘馅饼,没买蔬菜。在酒类商店里,他买了一瓶波旁威士忌酒。当他开车经过惠姆家的活动房时,看到他们全在室外,弯着腰站在大男孩的卡车后面,那里的几条僵硬的动物腿表明,打猎很成功。老爸——现在他必须把他当成雷斯·惠姆——正挥动着一把血淋淋的刀。卡车的驾驶室顶上有两箱六瓶装的酒。切莉手中也拿着刀,朝他挥了挥,他也挥手致意。

他把食品放好,边放边吃着馅饼,心中想着,冰箱的冷冻室要是大一些就好了。他刚才买了一张报纸,所以就拿着一杯咖啡,坐下来看招聘广告了。卡车司机、重型设备操作工、汽车旅馆职员、框架木工——没有什么适合他的工作。他刚开始要看油田的广告,有人敲门了。

"进来。"他说,准备好看到惠姆家的人。进来的是巴贝特,一个超重的七岁女孩,长着一对狡猾的、狐狸色的眼睛,浅棕色的头发梳了一个马尾。她穿着牛仔裤和粉色的衬衫,上面也沾着血迹。

"爸说,让你来吃烧烤。格雷格射到了一些羚羊,我们要吃烧烤。妈妈在用番茄酱和白糖做调料。爸说,不用拿啤酒来,他已经买了很多。"她没有等他答复,就转身跑回去了。

"好吧。"巴迪朝着门说。但是他不会空手去的。他点燃了那只小炉子,加热了法式薯条,将那瓶波旁威士忌塞进了夹克衫的口袋。

等他过去时,大人们都已经喝得半醉了,他觉得弗农·克拉伦斯也醉了,因为那孩子正一边吮吸着啤酒罐,一边蹒跚着来回走。这一次巴迪确实向切莉提了一下,但她大笑了一声。

"啊,雷斯让他干的。他以为,如果他从小就喝酒,等他长大了,就不会烂醉了。他说,你们这些很晚才开始喝酒的人才糟呢。"

巴迪觉得，这种想法令人吃惊。他和雷斯是同龄人，但是雷斯已经生了这么多孩子，其中一个还没进幼儿园就已经是个酒鬼了。

雷斯没精打采地走了过来，伸出了一只血迹斑斑的手。还是那熟悉的光秃秃的圆脑袋、粗粗的头颈、鼓得高高的肌肉堆。雷斯·惠姆的脸上全是疤，胳膊上文着带刺的铁丝网、长着尖牙的毒蛇，还有AK-47枪喷射出来的红色子弹。他微笑时，露出一排破碎的黄牙齿。

"你他妈的怎么样？你怎么最后会来这种讨厌透顶的肮脏地方？这是我的要好朋友，格雷格·德什勒。山地人德什勒。他是真正的人，睡在地上，追踪狮子，煮牛仔咖啡。"

格雷格·德什勒虎视眈眈地看着巴迪。"该死的吹牛。"他说，不过，那凶巴巴的神气只是摆样子的。他痤疮的痕迹很明显，把他那灰黄色的皮肤弄得就像狂风暴雨打过的沙地。但是他有一种自信的神气，这是巴迪喜欢的。而且他那敏锐的、闪闪发光的眼睛能洞察一切。他在喝了不少波旁威士忌以后，开始告诉巴迪，那是怎么回事。

"要知道，人人都对我说，我生晚了一百年。更可能是一百五十年。他们告诉我，我应该是个山地人。我是个返祖型的人，我为此感到骄傲。我是靠我的智慧活着的，知道吗？设陷阱，打猎，造了个小木屋，没有电，从小溪中取水。一辈子就这么过。设陷阱，打猎，造个小木屋。我同古时候的山地人之间的唯一差别，就是我没找到一个老婆。我曾经也想找一个，但是见鬼，对我来说，她们都太文明了，就像其他人一样，她们必须要除臭剂和香水、漂亮的衣服、每周去理发店六次。这种人我一个也不碰。我有一个朋友，他是北夏延人，他为旅游者做那些艺术品。需要雕和鹰的羽毛，还有毛皮。我保证供应他。他们说这是违法的。见鬼去吧。我从来没有打猎许可证。渔猎处知道，最好不要同我纠缠。他们给了我很大的活动空间。"他一直说啊说的，声音时高时低，就像一条船在湖里转悠时那舷外发动机发出的声音。

"就是我这个朋友，夏延人，有一次我问他：'你有姐妹吗？'天哪，他发火了。非常恼火，激动得不得了。我只是提了个简单的问题，但是你会觉得我好像是要求他吮吸我的阴茎。我从不交税。让美国政府，还有那个渔猎处见鬼去吧。老克劳德·达拉斯①的主意不错。他们要来你的营地捣乱，就开枪打他们。我不交税。我不需要他们的臭养老金或社会保险，或者那狗屁老年医疗保险。我自己剪头发，我从小就不刮胡子，但是我把我的胡子修理得很好。我可不想看到一个长着浓密的大胡子的林中人，会挂到树枝的。上次选举时，我想竞选州

---

① 克劳德·达拉斯，1950年生于弗吉尼亚州的温彻斯特，1981年1月杀死了两个州狩猎监督官，他于1982年被捕，又于1986年越狱，并于1987年再次被捕。

长来着。"

他放了一个长长的屁,一种烧着了的轮胎的臭味围绕着他们。巴迪想知道,看在受尊敬的歹徒克劳德·达拉斯的分上,这个人以前吃的是什么——生臭鼬?格雷格似乎没注意到此事,伸出长满老茧的手,去拿那个波旁威士忌的酒瓶。

"瞧,这是好东西。我私酿过酒,在家里制作过各式各样的威士忌,但是我酿不出好味道来。应该有一个好的威士忌酒桶,可是我只有一个见鬼的腌泡菜的旧桶。这是我对文明让步的一件事——酒。酒很难酿,而且我得说,人们要多少钱,它都是值的。"

巴迪瞟了一眼那沾满烂泥的动力运货车、放在后窗户边上的来复枪、山地人锃亮的钢表。他觉得,格雷格对文明还做出了其他一些让步,于是他抱歉地说,他得把法式薯条拿进去给切莉。

切莉正在活动房里调制烧烤的调料。她已经把一大瓶番茄酱倒进了一个大碗,正在往里面拌红糖和塔巴斯科辣沙司。

"我真正需要的,"她说,"是威士忌。只要一汤匙左右威士忌,就能调得很均匀。但是我告诉你,有一样东西同它一样灵,那就是咳嗽糖浆。"她在柜子里翻找了一阵,拿出一个小瓶子,把里面的东西倒进了红色的沙司中。

"还要一些盐。好了。"她把一块块生的羚羊肉倒进大碗里,在碗上面盖了一张报纸。

"就让它放半个小时左右,到那时,格雷格就可以烤了。他每次来,就把做饭的事包了。其他任何人想插手都不让。只要有人想吃肉,他就会长时间地站在那烤架旁边。他很可爱。"她点燃了一支烟,从冰箱里拿出两瓶啤酒,递了一瓶给巴迪。"我们去参加聚会吧。"她说着,套上了一件极大的绿色毛衣。

切莉和格雷格很健谈,还有点调情卖俏。格雷格解释说,如果他再次竞选州长,他的纲领会是怎样的。

"我要做的第一件事,就是把狼作为本州的代表动物,把狼放在执照牌子上,去掉那讨厌的弓背跃起的野马。据说,人们引入怀俄明的加拿大灰狼,不是本地狼。"

雷斯插话了,说话的声音很大。"我要干的,"他说,"是开放黄石公园,允许打猎。把那地方清理一下,让采油和采矿的利益集团进驻。可以像阿拉斯加州以前那样——只要住在那里,每个居民就可以领取一两千美元。"他咯咯地大笑了一声,然后又不作声了。他的眼睛来回转动,显得很神经质。

格雷格继续说:"总之,据说,本地的狼,落基山的狼要比加拿大的那些灰狼小一些，比丛林狼大一点点，而且不成群，独来独往的。人们的议论很多。同一种动物。州内每个人对狼都有看法，大多数都是错的。"

"郎！"莱说着，用他的奶瓶的橡皮奶嘴在泥地里擦。

"不过，我要是当动物的话，我宁愿是……一只加拿大——怀俄明的大灰狼。我看见狼，就看见我自己。嗷呜——！"

"啊呜……"莱轻声地说。

雷斯·惠姆坐在野餐桌旁，不耐烦地抖动着腿。巴迪想找个话题，问了一下他的工作情况，他只是咕哝了一声。过了十来分钟，他突然朝着格雷格大叫了一声："你到底什么时候才去烤那些肉？"小弗农·克拉伦斯嘴里含着玩具手枪的枪管，正站在台阶上，给吓了一跳，开始哭了起来。雷斯把怒火转向孩子。

"闭上你的臭嘴，否则我杀了你。"他尖叫道。

"别生气，乖雷斯。"格雷格说着，就站起身来，到炉架边上去看看火是否好了。他想说一些轻松的话，"永远不要去惹怒一个山地人，否则，你会忙得不可开交的。老山地人弗农·克拉伦斯会把你捆起来放在脆饼里的。"他对喝醉了酒、正在哭叫的孩子眨了眨眼。

"你不要哭得那么响，"格雷格对他说，"那些狼会过来把你吃掉。这是它们常干的事儿，它们会吃哭喊的孩子，嘎吱嘎吱地嚼他们的骨头。"弗农·克拉伦斯哭得更厉害了。

"我去拿肉。"切莉说,然后,她跑上台阶,走进了活动房,把弗农·克拉伦斯也拖走了。

"我以前干过的每一件事,"格雷格对巴迪说,似乎一切都很平静,"我所以干,是因为我想干。没有人强迫我干任何事,也从来没有人为我所干的事给我发过奖章。没事,我从来没听见任何人对我说过他妈的感谢的话。我才不在乎呢。球就是这样跳,风就是这样吹的。我带了两只很好的叉角羚来这里,烤肉,我还会煮咖啡,等我们想喝的时候。你即使给切莉一百美元一杯,她也煮不出像样的咖啡来。我来煮。不管你做什么,不管你帮助谁,他们都会踩着你过去,在你身上擦他们的靴子,只要他们有机会。但是,他们影响不了我。我对坏人已经习惯了。见鬼,我甚至喜欢他们。"

"该死的,"雷斯喊道,"像狗那样干了一个礼拜,周末还得坐在这里挨饿吗?听别人大谈什么狼?我的烟到底在哪里?*切莉!*"

"什么!"她在屋里喊道。

"你拿了我的烟吗?还有,把肉拿到这里来,让格雷格烤起来!"巴迪能看见野餐桌下的那包烟。他捡了起来,递给了雷斯。

"你拿着它们干什么?"

"它们刚才就在野餐桌下面。"

沃姆萨特的狼

"是吗？我想也是。"

雷斯鼓起来的脸难看得就像给挤压过似的。这时，切莉打开了活动房最高的那级台阶旁的房门，手里捧着那一大碗肉和调料，侧身走出来，不想让弹簧门砸到她的后跟。刚下了一半台阶，她的毛衣袖子就挂在一个突出来的钉子上。那轻轻的一绊，让她失去了平衡，那个大碗掉了下去，碰到最下面的那个台阶，碎成了几大片。调料洒了出来，肉掉在台阶下的泥地里。

"这讨厌的、蹩脚的、倒霉的旧活动房！"她号叫着，"但凡我有点钱，我就在什么地方买一栋真正的房子，而不是沙漠中的这种讨厌的活动房。"她转过身去，踢了房门一脚，坐到最高的那级台阶上，开始用两只胖乎乎的手掩着脸，哭了起来。在她身后，露出了弗农·克拉伦斯被眼泪弄脏了的脸，他也开始重新号叫起来。

格雷格捡起了最大的一片碎碗，几乎有半个碗那么大，把沾满泥土的肉堆到上面。

"吓，"他说，"没事。别号了，切莉。我们只要用一点啤酒把这些肉涮一下，还会有香味。把这些肉排往火上一扔，烧一下，就能搞定一切。你永远也不会知道它们曾经掉到过地上。哪天你同我一起去打猎，你就会看见，我在地里切割的晚饭吃的肉上面全是烂泥、树叶和毛。但是，烧一下，一切都没了。这不重要。古代的山地人都知道这一点。总之,《圣经》上不是有地方说,人死以前,得吃许多烂泥吗?"他把一块肉抖了抖,放在那摔破的碗里,"好了,弗农·克拉伦斯,还记得我对你讲过的狼吃爱哭的小孩的事吗?你还是不要那么吵,要不它们会听见的。那些狼吃起爱哭的小孩来,就像吃薄荷棒糖一样。它们很容易找到你的,因为它们能听见你在哭。"

切莉指着雷斯。"对我来说很重要。这是我住过的最差劲的地方。"她盯着他看,他就火了。

"最差劲的地方?那你小时候住的垃圾堆呢?我倒要看看,你一周去学校咖啡店送一天热狗,怎么能攒起足够的钱来在城里买房子。你觉得它不好,但这是我能做到的最好的了。为了养这个家,我从十七岁开始工作。你对什么都不满意,可是你有没有想过,有没有想过,我可能也想去干别的行当,而不是我现在干的这活儿。我曾经想当中学教练,但是得念完大学才能当上,所以这么多年,我一直在干肮脏的工作,为的是能买得起你那么厌恶的见鬼的活动房,养活你和这些该死的孩子。你不懂,有坏处,就有好处。你看不到,要是很多别的男人早走了,你那么胖,还总是怀孕。"

"你不喜欢你的孩子,就不该生那么多。偶尔用一下避孕套,就会有钱了,也没有那些孩子了。"

"你为什么不吃药?你拿了他妈的生活费,就去买那些你常买的见鬼的无用的杂志。你应该去买些避孕药,而不是拿孩子的事来怪我。"

这时,巴迪决定回自己家去了,就对格雷格说了声"再见"。雷斯听见了,就生气地乱转。

"你在这里到底要干什么?来吃免费的晚餐?"他讥讽说,"吃掉在烂泥里的晚餐?来勾搭我娶的那个胖女人吗?来埋怨我的狗?你把垃圾放在敞开的车上,就该有狗来。你该挨一顿揍。去把你打架的衣服穿上,我倒要让你尝尝滋味。"

"我以为是你请我来的。不过,我肯定会走。"说罢,他就转过身去,开始朝自己的活动房走去。他听见身后有脚步声。那是格雷格。

"去他的,巴迪,别生气。我就要烤肉排了,它们会很好吃的。啤酒会把它们弄干净的。"

他停住了脚步,看着那个把自己说成是山地人的家伙。"问题不在这里。我没有胃口了。下一次,等雷斯不想打架时再说。"

"见鬼,他有时会突然发火。过十分钟,他的心情就会好起来了,笑着去拥抱切莉。他就是有点喜欢打架,可以开胃口。"

"有些架是不能打的。大约十年以前,我同雷斯打过一架。"

当时,他十四岁,是个很结实的小伙子,平时常干杂活,所以很强壮,不过雷斯已经是成年人的体格,宽宽的肩膀,肌肉发达,胳膊和手结实得像石匠。一开始只是推推搡搡，后来变成了呼哧呼哧地掐脖子的战斗，最后是雷斯将巴迪的脸反复往铺着水泥的人行道上砸。那天晚上，他父亲一看到他那受伤的脸，马上就带他去找斯特林医生，医生说，他的鼻梁骨和颧骨都碎了。两只手上的骨头也碎了。他父亲要叫治安官，可是巴迪带着鼻音求他不要这么做，因为他知道雷斯接着会再次发起攻击的。

格雷格还在他身旁走着。"我不知道你认识他这么久了。"

"我们是小学同学。"巴迪不想谈起雷斯·惠姆的往事。

远处传来一声嚎叫，然后，从另一个方向也传来一声。格雷格抓住了他的袖子，沉重地呼吸着，散发出波旁威士忌的气味、啤酒的气味和坏牙的气味。在暮色中，他的脸呈现出金黄色。

"你听见了吗？"格雷格说，"我的朋友，那是只狼。而且他妈的就离这里不远。我从来不知道它们会跑得这么远。但是我一听到它的声音，我就绝对能肯定。在红沙漠中有狼，它们正密切地注意着沃姆萨特。我们刚听见了那活生生的证据。"

巴迪对此表示怀疑。

回到自己的活动房后，他意识到，他把那瓶珍贵的波旁威士忌酒留在惠姆的野餐桌上了。这时，他最想干的就是喝得烂醉，昏倒在床上。

他一边咒骂着，一边决定开车到城里去再买一瓶。这时，滚滚的浓烟正从惠姆家的烧烤炉上升起，由于他不想经过他们家的活动房，决定从沙漠中抄小路，经过有林鼠的旧活动房。他计划兜个圈子，走那条直通乡间小路的新的沼气路。他估计，越过田野到沼气路，大约是三英里。这么走可能有点麻烦，但他非常喜欢迎接困难。天上还有足够的亮光，可以让他看到他想看到的东西。

在不熟悉的沙漠地带开车是危险的，即使在白天也是这样。现在暮色将近，他可能会有麻烦。链条、铁锹、几块木板、一台手动绞车和各式各样的工具，包括他的 .30-06 枪，都已经放在吉普车后面了。他把他的厚夹克、一加仑水、第二个馅饼和一包猪排扔在后座上。贮物箱里有火柴和蜡烛。即使车开不了了，也没问题。他可以把车停在沙漠里，在那里喝酒。

在离那栋破烂不堪的、住着林鼠的活动房几百码的地方，他惊讶地发现了极其模糊的一条小路的痕迹，似乎有极窄的车辙。他想，他可能是走在那条古老的陆路小道[①]，或者是它的许多岔道中的一条小

[①] 又名陆路驿道，是十九世纪美国西部驿站马车和货车通行的道路。自十九世纪二十年代以来，部分路线为勘探家和猎人所用。

道上。天色几乎完全暗下来了,但是他的车前灯能辨出那朦胧的车辙,而且此时它们正伸向他要去的方向。但是,过了半英里,那短短的车辙就消失在一片有许多灌木丛的深深的洼地里,于是他就掉头朝北开去,寻找平地。等他离开那洼地时,天全黑了,但是他能看到,在一百码以外行驶在运汽油路上的一辆卡车的灯光。十分钟以后,他就到了沃姆萨特。

当他驶过惠姆家的活动房时,那里是黑黢黢的,但是他看到了格雷格的动力货车。在往自己家的台阶上爬时,他打了个大哈欠,开了房门。他马上就感觉到了异样。有某种淡淡的气味,然后是孩子轻轻的抽泣声。他把灯打开了。弗农·克拉伦斯躺在沙发的一头,另一头是毛毯包着的一堆东西,他估计是莱。在地板上躺着切莉和巴贝特,身上裹着从他床上拿下来的毛毯。

"切莉,到底出什么事了?"他说。

那女人坐了起来,她的头发乱糟糟地平挎在一边。

"是雷斯。他是真醉了,就像他有的时候那样。他把弗农·克拉伦斯打得够呛。我想,他的小臂可能断了。所以格雷格说,我们应该来这里等你。他会让雷斯平静下来的。我从你的床上拿了毛毯,不过现在你可以把它们拿回去。"

"天哪。"巴迪说着,坐到椅子上。他看了下手表。十一点四十五分。到天亮还有几个小时,"你要送弗农·克拉伦斯去罗林斯的急救室吗?让医生给他看一下?"

"我不知道。现在他睡着了,但是他刚才一直哭得很厉害,还不让我碰他的胳膊。他捧着胳膊的样子也有点滑稽。他是哭累了才睡着的。"

似乎是为了证实这一点,那孩子又抽泣起来,把头转离了灯光。巴迪看着他。那男孩的鼻子肿了,他能看见孩子的上嘴唇有干了的血迹。他看不到孩子的胳膊,因为他身上盖着他的一件夹克衫。活动房里很冷,切莉把能找到的所有能盖的东西都盖在身上了。他缓慢地拿起那夹克衫,孩子尖叫着醒了。弗农·克拉伦斯左边的小臂仿佛多了一个胳膊肘。

"好了,"他说,"这样不行。我开车送你们去罗林斯,等他们给孩子看病的时候,我去给你们大家找一间汽车旅馆。他受伤了,这里也不适合你们待。雷斯很容易找过来,再打一顿的。而且我肯定,格雷格一走,就会出现这种情况。好了,切莉,我们走吧,送孩子去看病。"这时,他真希望自己有一部手机。

去医院的一路真像一场噩梦。三个孩子都在哭,切莉一根接一根地抽烟,由于波旁威士忌和疲劳,他的脑袋一直在嗡嗡地响。巴贝特坐在那包猪排上面,那堆又冷又湿的肉让她哭个不停。

在医院里,弗农·克拉伦斯由一个外国人模样的护士抱进用帘子隔开的小房间里。他听见切莉告诉她,弗农·克拉伦斯是从活动房的台阶上摔了下去。急救室里状况很多,每个小房间都有人,人们匆忙地来回走着。有些警察和州警官俯在一些病人身旁。他了解到,在I-80公路上发生了重大交通事故。切莉出来了,在刺眼的灯光的照射下,坐到拥挤的候诊室里。周围全是"不准抽烟"的牌子。他去找能够住下惠姆家这四口人的汽车旅馆。

在第一家汽车旅馆里他知道了详细的情况。在罗林斯东面,一辆半拖车出现了弯折,引起了连锁反应,涉及三十多辆车。高速公路关闭了。城里所有的汽车旅馆都住满了人。没有空位了,人们都在敲住户家的门,寻找住处。看来,他不得不把切莉和她的孩子们带回他的活动房了。他被牵涉到一件很麻烦的事情中间去了,于是他决定,一摆脱这事,就尽快去阿拉斯加。

回到医院,他发现切莉正站在门外抽烟。

"他们还没有把他搞定。在州际公路上出了什么事故,所以一切都得等很长时间。这里有很多伤员。莱在那张沙发上睡着了,巴贝特也一样。可能要等一阵。"

"我也有个坏消息。由于这次事故,汽车旅馆没房间了。所以我想,我只好把你们送回我家。你最好想一想,明天早晨你想怎么办——如果这里有什么可住的地方,我可以送你们过去。"

"啊,我不需要这么干。明天早上雷斯会没事的。他喝了酒,有时脾气会变得很坏,不过,你会看到,格雷格会说服他不要那么暴躁,到了早晨他就会很温柔的,又是抱歉又是亲热。"

"切莉,我不想告诉你该怎么生活,但是你得为孩子们想想。他真的会伤害他们。该死的,他会杀了他们。他会杀了你。他是个强壮的家伙,而喝醉了的强悍的家伙是危险的。"

"我想我很了解雷斯,至少比你了解。他会没事的。这种情况以前也发生过。格雷格能摆平他。他现在很可能已经让他平静下来了。"

"天哪,"他说,"这么说,你是要我把你们送回你们家去?"他经历着一生中最强烈的一次头疼,而且不完全是因为喝了波旁威士忌。

一位护士助理从房门中走出来,说:"是惠姆太太吗?医生要同你谈谈。"

"我在这里等你。"巴迪说。切莉扔掉了香烟,走了进去。

切莉拉扯着胸前那大毛衣,走了出来。

"今天晚上,他们要把他留下。他们要写一份报告,说这可能是虐待儿童。警察要去抓雷斯，审问他。我不得不告诉他们他打了弗农·克拉伦斯。他们不相信孩子是从台阶上摔下去的。雷斯一定会非常非常生气。所以今天晚上我不能回去。"

"警察什么时候去抓他？"

"可能马上就去。或者明天早上。现在这里的事情很多。"

他看了下表。已经过了一点钟，等他们回到他家时，就快三点了。看来他没有退路了。

在惠姆家的院子里，只有雷斯的卡车和格雷格的旧货车。

他们把莱和巴贝特放在沙发上。他把床让给了切莉，自己裹在门旁的睡袋里，几分钟后就睡着了。他梦见他一直去喝咖啡的那家店里的女服务员，梦见她用旋转的警车灯光的万花筒发出不同颜色的光芒，梦见她在抚摸他的阴茎，她那涂了指甲油的指甲就在挠他的阴毛，后来，他感觉到那种抚摸是真切的，而且能闻到切莉的气味，一种烧煳了的肉味、婴儿的粪便味、汗味混合在一起的味儿。她把他拉到自己的身上。他拼命想停下来，也尝试过，但是太晚了，那梦境非常真实，他那叛逆的躯体交了好运。

从门缝里钻进来的刺骨的寒风以及某种轻微的响声惊醒了他。他的脸压在门上,人已经冻僵了。有那么一阵,他都不知道自己在什么地方,直到他翻过身去,看到巴贝特在沙发上盯着他时才清醒过来。他坐了起来,回忆起那可怕夜晚的大段讨厌的情景。

"妈妈找不到糖泡芙。"那孩子说。

"我没有糖泡芙。"他低沉而沙哑地说。他的头很晕。

"妈妈,他没有糖泡芙!" 那个生气的女孩喊道,踢了一下沙发,把莱吵醒了,莱开始哭叫。

这时,他看到了切莉,她正在拨弄他的煮咖啡器,这个不熟悉的小机器弄得她不知所措。他起床了,意识到他那弄脏了的鼓鼓囊囊的内裤,似乎是用透明的塑料布制成的。他从地板上抓起牛仔裤和衬衣,就进了浴室。他走过切莉身旁时,对她说,不用管咖啡,他一分钟就能煮好。

那淋浴器是不稳定的,但是他必须把那一晚恐怖的气味冲掉,而且非常感激那喷出来的细水,哪怕它变冷了,让他倒抽冷气,瑟瑟发抖。他在排水管里小便了。

穿好衣服以后,他直接走向煮咖啡器。切莉坐在桌旁抽烟,喝着她在冰箱里找到的一瓶苏打水。

他从小窗户里往外看。东方有许多翻滚着的靛青色和浅橙色的云彩。那枯萎的金花矮灌木在狂风中使劲地拍打着,一缕色彩显示出太阳要升起的地方。没有迹象表明警察要来抓雷斯。格雷格的旧动力货车停在原来的地方。初冬的雪片在狂风中飞过。煮咖啡器不响了。他为自己倒了一杯很浓的黑咖啡,然后为切莉倒了一杯。他想让她走。

"谢谢,亲爱的。"她说话的口气中带着矫揉造作的温柔,他觉得,这意味着,她现在认为她可以对他提出要求了。

"切莉,"他说,"瞧,昨晚的事儿没什么。那是个错误。说实话,有点像你强奸了我。你越早走越好。"

她噘了一会儿嘴,然后说:"但是我们得去接弗农·克拉伦斯。他们说,过了九点,随时都可以去接他。"

"是吗?那我建议你去开雷斯的车,自己到罗林斯去接。而且我肯定没看见警察的巡逻车来抓雷斯。"

切莉咕咚咕咚地喝着咖啡,从她的眼睫毛下看着他,似乎在权衡着什么。"我只是说他们要去抓他。我知道你想同我干那事,我也想,所以我就这么说了。"

"可是,你告诉我,他们不相信你说弗农·克拉伦斯是从台阶上摔下去的。"

"不,他们相信了。他们只是说,要把他留一晚,让我们今天早上去接他。"

"切莉,让我们把事情谈谈清楚。我不想同你干那事。那是违背我的意愿的。"不过他知道,出于报复雷斯的心理,其中有积极参与的成分。

"你本来能骗过我的。"她说着,朝他狞笑了一下。

他开始猜想,她也许是选他来替代雷斯了。他真切地感到,他脖子上的汗毛都竖起来了。

"我要糖泡芙。"巴贝特哀叫着。

"那你为什么不回家去拿?"他厉声说。

"我能吗,妈妈?"

"当然了。去吧。"

孩子走出了房门,随手砰的一声把它关上了,但是门扣不灵,那门开始碰撞了起来,风吹进来了。他站起身来,把它关上了,又给自己倒了杯咖啡。在窗外,他能看见巴贝特匆匆地走上惠姆家的台阶,正好格雷格摸着胯部,走到门口。女孩消失在里面了,而那个山地人则在地上撒了泡尿,转身回到活动房里去了。代替他的是雷斯,他显然觉得清新的空气比他自己的全是尿布味儿的浴室要好。

"那边的人都起来了。我想你最好还是回家,让一切重新回到正轨。"

她将身子靠到椅子背上,朝天花板喷了一口烟。"他不会喜欢你睡了我的。"

"他不是唯一一个不喜欢此事的人，"巴迪说，"再说，你最好不要提起这事。他是有脾气的人——这一点你知道。想想你那断了胳膊的孩子。下一次可能是你。很可能就是你。"他此时最想的就是把他的衣服扔在吉普车的后面，去阿拉斯加。有个问题，那就是他母亲还没有把他的价值几千美元的支票给他寄来，他皮夹子里只有不到五十美元的现金和一张快要刷爆了的信用卡。他的处境很尴尬。今天是星期天，但是他得开车去城里，打电话给他母亲，了解一下为什么还没寄出支票。首先，他得让切莉离开这里，回到雷斯那里去。

"好了，你必须回到那里去。你选择了他，他是你的丈夫，你孩子的父亲。过去把事情处理好了。同惠姆先生搞好关系。你要是聪明，就闭口不谈发生过的事。如果他有任何想法，要来这里找麻烦，我为他准备好了我的 .30-06。你只要让他知道这一点就行了。你自己也老实待在那边。昨晚发生的事是一个大错误，永远也不会再发生了。当时我只是想帮你照顾一下那受伤的孩子，仅此而已。滚出我的生活。"

她用鼻子哼了一声。"你确实不了解雷斯。我肯定，他会杀了你。一个不常开枪的人，手里拿一把 .30-06，是吓不倒他的。"

他知道她说得很对，这让他十分愤怒。"滚。马上。滚。"

她站起身来，离开了她那杯还没喝过的咖啡，做出了完全是惠姆式的答复："操你的。"

她把莱塞在腋下,故意把湿毛毯掉在地板上,用她灵巧的脚把门踢上,走了。她一拐弯,他就出去,到吉普车里取了他的来复枪,拿到屋里,装上了子弹。

他用望远镜盯着他们的活动房,期待着看到雷斯·惠姆气急败坏地从台阶上跳下来,找他算账。但是什么也没发生。他估计切莉目前还没说什么,他们都在大吃糖泡芙呢,包括那山地人在内。他把床上的东西全拉下来,把他能找到的所有脏衣服、床单、枕头套全扔进了洗衣袋,准备去城里,在当地的洗衣房里度过一上午。他要打电话给他母亲,了解他支票的情况,要他堂兄赞恩的电话号码。

他还没走成,就看见格雷格和切莉坐上动力货车,开走了。他猜想,他们是去接弗农·克拉伦斯的,那孩子很可能还宿醉未醒。这么一来,活动房里只留下了雷斯和巴贝特,以及莱。如果他想行动,现在可能是个好时机。

他冲到他的吉普车旁,把要洗的衣服扔了进去,经过住着林鼠的活动房,穿过沙漠和三齿蒿丛,而不走经过雷斯的活动房的路,在那里,那个愤愤不平的丈夫可以从窗户里把他射倒。

前一天晚上,他自己的车胎留下了明显的痕迹,这时,他跟着那车痕走很容易,不过他没有围着那沼泽地转一圈,而是穿过沼泽地尽头比较浅的地方。那斜坡很陡，但不是无法通行。不过，要是在这里陷进去了，可不是什么好事。

洗衣机在洗衣服的时候，他打了个电话到他父母的家里去。

"巴迪，你到底在哪里啊？"

"你们没收到我寄出的那封写着地址的信吗？"

"没有。有许多寄给你的信，但是没有一封是你寄来的。"

"妈，我得求你帮我一个忙。我特别需要我的薪金支票和储蓄账户的支票。这里出现了很棘手的情况。我决定了，我很可能要去阿拉斯加，可能要同赞恩联系一下，如果他方便的话，在他那里待几天，在渔船上找个工作。所以我需要赞恩的地址和电话号码。这样我才能给他打电话。我好像也不知道他现在是在海岸一带，还是在别的什么地方。但是，最重要的是我需要那些支票。你能用特快专递给我寄过来吗？或者，我想，如果爸不再生气了，我可以开车过去取。"

"德纳里不沿海，在内地。而你爸还在生气，事实上，他把你所有的信件装在一只大信封里，放在他的卡车里了。"

"啊，不。"父亲能伪造巴迪的签名，将支票兑现，把钱拿去冲抵被偷的东西，"可是，我需要那些支票。你能同他谈谈，告诉他我的情况很危急吗？我明天再给你打电话，好吗？"

"我试试，巴迪。而且我会找出赞恩的号码和地址的。好像是什么'巴纳纳'。我同放圣诞卡的盒子一起,放在阁楼里了。"

"好的,妈,明天中午时分我给你打电话。爱你。"

他忐忑不安地过了一夜,来复枪就放在床上他的手边,担心会听到雷斯·惠姆踢开门好的门。雷斯不是说过他有一支AK-47吗?卡拉什尼科夫先生的小发明可以射穿一栋活动房,就好像那房子是用烂帆布做的。但是周一早晨来到了,接着雷斯的卡车的隆隆声也渐渐地消失,他在天还没亮时就去上班了。

中午巴迪去城里给他母亲打电话。他父亲接的。

"是的,你的支票在这里。我把它们拿出去放在卡车里了。你母亲告诉我,你出事了。什么性质的事?"

想隐瞒什么事不让他父亲知道,是没有意义的。他告诉父亲,雷斯·惠姆又闯进了他的生活,他同雷斯的妻子又出了点事儿,他担心雷斯会开枪杀了他。

"天哪,巴迪,不会又是他吧。你倒真会找麻烦。听着,你最好离开那里。他干得出这样的事,还可能逃避惩罚。他老爸是阿波罗·惠姆——波利·惠姆——现在进了议会,什么人都认识。他可以在幕后操纵,隐瞒丑闻。马上回家。别浪费时间打电话了,不要去拿行李,坐上你的吉普车,直接回来。大概要五个小时吧;回家来。马上。等你回来以后，我们再讨论后续的事情。"

父亲认为形势严重，这让他感到很宽慰。他是对的——在雷斯上班的时候离开。但是他不想丢掉他的衣服、他找到的箭头，再说那把 .30-06 的枪还放在活动房里呢。在某个时刻，他必须回来将它们取走。

到家以后他花了几个小时同父亲一起开车、聊天。他把一切都告诉了父亲：那个山地人、雷斯的孩子、弗农·克拉伦斯被打折的胳膊、开车去医院以及切莉成功的袭击。

他打电话给在阿拉斯加州内纳纳的赞恩。

"巴迪，那太好了！多少年以来，我一直在尝试让家里哪个人来这里，看看地球上最美的、真正的庄园。我有几个朋友认识一些钓鱼的人，我会四处打听一下，看看有没有什么工作。即使你不能上船，这里也有些工作的。你打算什么时候出发？"

"很快。我得回到沃姆萨特去拿我的东西，而且得在暴风雪开始以前把这事儿办了。已经下过几场雪了。你那里下雪吗？"

"鸟有四只脚趾吗？"

第二天是星期四，很冷，多云，夹带着强风。他开车回到沃姆萨特，沿着那条糟糕的泥路朝活动房开去,滑到了沼泽地里,又从另外一端爬了上来。尽管他才离开了三天,这里又出现了两座钻塔。天气预报说,可能有阵雪。当他把车停在活动房边上时,飘起了几片雪花。他能嗅到,一场暴风雪正在靠近,不是阵雪,而是一场麻烦的暴风雪。天气预报又一次错了。

活动房里,什么也没动过。他首先走到厨房的小窗户旁,朝外张望。惠姆家的活动房旁边没有车。

"没人在家。"他自言自语道。他收拾起他的衣服、毛毯、床单,还有仍然放在床上的来复枪,把它们打包放到吉普车里。他会打电话给库蒂,告诉她,在红沙漠的活动房里过的一个月,让他受够了。

在沃姆萨特,他把车停在邮局前面。他想起后面的来复枪,正要把吉普车锁上,就听到一个孩子的声音。

"巴迪!"是巴贝特,她手里拿着一个吃了一半的苹果。

"噢哟,是糖泡芙女孩。你好吗,巴贝特?"

"我再也不是糖泡芙女孩了。格雷格说,糖泡芙对身体不好。但是苹果、香蕉和葡萄是好的。"

他紧张地朝左右张望,但是没看到雷斯的卡车。他确实看见了格雷格的动力货车,而朝那车走去的是切莉,手里抱着莱,挽着格雷格。

弗农·克拉伦斯蹦蹦跳跳地走在旁边，嘴里唱着什么小曲，用他那只好手拉着格雷格的衬衣边缘。

"妈妈！格雷格，瞧！"巴贝特尖叫道，"是巴迪！"

他举起手，冷淡地致意，不知道下一个出来的会不会是雷斯，怀里抱着啤酒，心中充满杀机。切莉朝他狡黠地笑了一下，而格雷格嘟囔了一句，大笑起来。

"狗娘养的，真是老山地人巴迪。我们以为你溜走了，再也见不到你了。"

"我只是回来拿我放在活动房里的东西。我的确要走了。去——西部。听说有个工作。"万一雷斯要问起他去哪里了呢。雷斯是会跟着他去阿拉斯加的。又是一个去船上工作的好理由。

弗农·克拉伦斯在拉他的袖子。他似乎变了个人，那张麻木的脸有了生气，他的眼睛明亮而活泼。

"巴迪，"他说，"巴迪。巴迪。巴迪，猜猜怎么回事？"

"怎么了？我看见你的胳膊还是绑着那红石膏呢。"

"巴迪。"他使劲地拽着，"我要告诉你一件事。一个秘密。"

巴迪弯下身去，弗农·克拉伦斯的黏糊糊的嘴唇就靠到了他耳边。他大声而快乐地耳语。

"巴迪，狼把爸吃了。"他大笑了一声，停下来看看对这消息的反应。

巴迪毫不费力就显得很惊讶。弗农·克拉伦斯继续讲他的重大消息。

"格雷格说,不要告诉任何人。现在格雷格是我们的爸。没有狼能吃他,因为他是它们的朋友!而且它们也不会吃我们,因为他是我们的新爸爸!"

"祝贺你们。"他轻声地回答弗农·克拉伦斯,然后站起身来。雷斯出了非常糟糕的事。

格雷格正看着他。他一定猜到了弗农·克拉伦斯刚才悄悄地说了些什么。巴迪无助地伸出一只手,似乎无话可说。他发现自己正看着那山地人的眼睛。过去那种快乐的闪光消失了。取代它的是一种主宰者的冷酷的目光。切莉一定已经用她的方式对他说了弗农·克拉伦斯的胳膊被打折的那天夜里发生的事,所以现在格雷格把他当成了对手。

他本来想说一句安抚的话,加上一句告别的话,就马上离开沃姆萨特,但是他开始后退,当他张开嘴时,他说的却是:"我发现现在你有了你自己的群体了。"

用热澡盆的夏天

在怀俄明州的埃尔克图斯，尽管有将近八十个居民，但除了废品栈，就没有什么地方可去。如果你想吃一顿别致的晚餐，或者买电池或月经棉，你得沿着狗耳朵小溪开车四十四英里到萨克镇，那里有两家商店和一个修车厂。但是，埃尔克图斯有它的吸引力，有那三家酒吧：西尔弗蒂布、皮维和"马迪的洞穴"。

开荒者的路边小吃店——路边牧场——的古老的传统，也还保留着。城北有这样的一家店，供应三美元一顿的晚餐，不过没有菜单可供选择，而且，波利多拉太太用的是纸盘子，如果你想听见刀叉敲盘子的声音，那是不能令你满意的。不管是否是纸盘子，波利多拉太太会在桌上放一盘鹿肉排，旁边放一个绿色的大碗，里面装着土豆泥，还有一罐奶卤和一碟稠李冻。不知怎的，她整年都能供应鹿肉。

在埃尔克图斯，人人都想成为一个人物，并且取得一定的成功。所谓是个人物，其实也就是身无分文、趾高气扬、足智多谋，再加上脚后跟踢走文明社会的魅力。

波利多拉太太店里的常客是威利·赫森,他稍微能修修卡车和割草机。他是在埃尔克图斯出生和长大的,但是多年来一直住在遥远的城市里,在很远的一些州里给联合航空公司当机械师。当人们问起他为什么抛弃了赚钱的工作,回到埃尔克图斯来时,他说:"我再也受不了它了。"没有人问"它是什么",因为在怀俄明,人人知道,在州界以外是苦难的地狱。他同一条狗生活在一起,他管它叫伊戈尔。

威利·赫森既没有车间,也没有修车厂,只是在他的活动房前面狭窄的泥路上放了一些修理工具。如果那件活计是一辆大卡车,他就把它停在马路上,在拐弯处竖一块折叠的牌子,上面写着"撒些沙子在上面",威利的意思是:"减速,路上有修车工。"伊戈尔看见威利躺在路上,就学他的样子,已经被撞过两次了。

有时,威利的干劲一上来,把问题解决以后,还会继续在车上干活,装一些还可以用的软管,给按钮和开关接上活动的电线等。戴勃·赛普尔本人也是个人物,有一次,他的一九八三年的丰田小吨位货车开走时,水箱是重新冲洗过的,仪表板上有十一个不起任何作用的拨动开关。斯特劳·伯德太太取回她的福特探险者时,车顶上装了一盏巨大的照明灯,她丈夫说,它对于在夜间发现猫头鹰或敌机,倒很有用,只是每次他们一打开它,喇叭就响了。顾客们认为他干的活值多少就付多少钱。威利·赫森修过的东西用不了五天，或者开不了五十英里就坏了，就看哪种情况先出现了。不过，总的感觉是，这就是你想要的——至少可以用到你去萨克镇和正宗的修车厂了。

有一次，威利·赫森开始动手在他的活动房旁搭建一间修车铺，并且用他从林业局的防鹿栅栏中偷来的柱子——这儿一根，那儿一根——搭一间披屋。他随手从他那一堆翘曲的木材堆里选了四块板，用钉子钉上，后来就不干了。在埃尔克图斯，任何时候，任何事情，只要有需要，说不干，就不干。这是一种值得自豪的德行。如果威利·赫森在关键时刻停止修理割草机，或履带式雪上汽车，或卡车，那是主人的运气不好。无论什么办法都不能让他回去干他不干的活。

他不着急开工，有些车在他的活动房前放上几个月，他才去打开它们的引擎盖。酒吧调酒员阿曼达·格里布曾经把威利从皮维酒吧赶出去过一两次，为了修她的一九五六年的雪佛兰卡车，她等了十七个星期，越等越生气。她把车送到他那里去的时候是秋天，到了春天，她才在信箱里发现了一张肮脏的明信片。上面写着："修好了，来取。"她搭了斯文·波利多拉的车去赫森的活动房，这时斯文已经半醉，但正要开车回到他位于赫森的活动房西面七英里的家。

那辆卡车孤零零地待在那里，一只轮子陷在沟里。她叫了一声威利的名字，但是没人回答。她耸了一下肩，就上了卡车，座位上有一张便条:"把钱放在信箱里。"她先点了火,如果车还开不了,就没有必要给钱。两次巨大的爆炸声让这辆车晃动了起来。卡车的后端喷出了火焰,发动机熄火了。她看了一下后视镜,发现几十个燃烧着的小东西洒落在威利·赫森的草地上,草地起火了。她下了车。等她明白了这不是恐怖袭击以后,觉得着火的东西有点眼熟;没有烧着的那一两块东西显然是狗食。她用院子里地上的一口铁皮罐头把冒着烟的一块块东西舀起来。她猜想,在冬天,是某只胆大的老鼠从伊戈尔的盆子里偷了狗食,堆在了卡车的排气管里。她把那冒着烟的罐头和一个五分镍币一起放进了威利的信箱,重新启动了卡车,开回城里,一路上火星点点,骂声连连。

去年夏天,一种狂热横扫了埃尔克图斯,人们酷爱起室外的热澡盆来了。当然,没有人去买它。所有的澡盆都是用从唐纳德的罗海德牛仔废品栈里找到的一些金属片、旧的储油罐和一些零碎拼成的,比较讲究的人在澡盆边缘铺一圈木板人行道,以防泥土和仙人掌的刺儿掉入水中。在燃料紧缺的时候,部分木板可以扔进火箱。所有的热澡盆都是用烧木柴的炉子加热的。

威利·赫森不仅与外部世界合不来,也反对埃尔克图斯的社交领袖。他拒不参与此事,非常鄙视室外沐浴。"如果我要洗我的屁股,我会开车去塞莫普。"

塞莫波里斯及其著名的温泉离埃尔克图斯有二百四十英里,而且挤满了旅游者。戴勃·赛普尔说,威利情愿去那种地方,表明他在外州住久了,对威利的脑子造成了很大的伤害。

"问题是,"赛普尔说,"我看见他盯着我的澡盆看的那种表情。他是宁愿割了他的左睾丸,也想要一只那样的澡盆。"

夏季快结束的时候,威利·赫森去林格尔附近他老家的牧场,探望他的奶奶。从一八七二年以来,赫森家的人一直在那里养奶牛。在工具房里找东西的时候,他看到了一样东西,非常像"热澡盆"。比"热澡盆"更好,是"不同于其他任何一只(比它们更好)的奇特而无与伦比的热澡盆"。在他叔叔杜格和杜格的两个儿子普利尔斯和雷米的帮助下,威利把它搬上了卡车。他开车回埃尔克图斯的一路上,都同吉姆·怀特一起唱着《看走眼的耶稣》。

他叔叔追了他六英里,同他齐头并进时,在狂风中喊道:"你要那个三脚架吗?"

"见鬼,是的,我只有一个机械支架,我需要它来支撑一些机械。"

他回到埃尔克图斯后,花了些力气,想把他的宝贝放到一个隐蔽的地方,但是他的领地是悬崖和马路之间的一条狭长的土地。他的活动房、木材堆、七八辆开不动的卡车（因为零件的关系）、那间有四块木板的修车铺、狗屋、十来台坏掉的割草机、一堆石头、又一堆砾石，还有一棵小小的棉白杨树，把那里挤得满满的，没有隐蔽的地方。

"见它们的鬼。"威利·赫森说。

他把那口巨大的、一英寸厚的铸铁锅搬下了车，这口锅的直径有三英尺。一九一二年，某个不知名的饼干队投手在赫森家秋天围拢牲口时最后用过它一次。他用撬棍把它移到棉白杨附近的一个地方，离马路约五英尺。它沉甸甸地摇摆着，脱离了那根很粗的三脚架的链条。

威利找了一阵，发现了两段割断的软管。他把它们用胶布粘了起来。在胶布还有黏性期间，他可以灌满半锅水。他觉得，考虑到排水量，这也就差不多了。杂七杂八的老鼠屎、谷壳，还有铁锈都漂到水面上来了。只有已经结成了硬块、有九十年历史的小杂种炖①还粘在锅底。他劈了几根引火棍，用一卷沥青油纸在锅底下点着了火，加了几块木头。冒烟了。在等待水热起来的时间里，他用他的 .22 手枪练习打棉白杨树上的黄蜂窝。

锅里终于冒气了。有一股难闻的怪味道。他把煤和冒着烟的木头

---

① 小杂种炖（son of a bitch stew）是美国西部牛仔的一道菜，用未断奶的小牛身上的肉和内脏，加上辣椒汁做成。

从锅下耙出来,脱光了衣服,把它们挂在旁边木材堆上突出的木板顶上。那小杂种炖的剩余物,有一块牛屎那么大,离开了锅底,漂到了水面上。他用手把它舀了出来,抛到了大路上。澡盆里的水很烫。他放进一只脚,然后把另一只脚也放了进去。水淹过了他的膝盖。水很烫,但没有铁锅底那么烫,把他的脚底板都烤疼了。他跳了出来,在凉爽的泥地里跳了一阵,穿上了靴子。现在,那靴子里全是沙子。

他碰了碰锅沿。它是热的,但不灼人。他决定采用另一种姿势入水。他弯下身去,直到他比较敏感的部位悬在水上面,这时他停下来,不动了。而尤利塞斯·伯德先生和太太(斯特劳·伯德的弟弟和弟媳)正缓缓地开车经过那里。伯德太太刚要招手,再看了一眼,觉得还是不打招呼为妙。

尤利塞斯·伯德一走进皮维酒吧,就说,"千真万确,我们刚见到了一件了不起的事儿。威利·赫森搞了一口食人生番的锅当热澡盆。他看上去就像一个要被人烹煮的牧师。"他描述了那只澡盆,离马路有多近,威利匆匆地坐进水中时脸上那痛苦的表情,伯德太太想到她差点要招手时的表情和惊呼。

阿曼达·格里布当时正在酒吧调酒,听得很入神。"嗨,"她用她那调酒师的大嗓门说,"把这个拿到那里去。"她打开冰箱,拿出一包冻玉米、半罐酒浸樱桃，在柜子里找了一罐辣椒粉，"把这些扔在他那该死的食人生番的热澡盆里。如果他想把自己煮了，让我们在那儿加些调料。见鬼，我同你们一起去，把那辣椒粉撒到有用的地方去。"

他们尽快地去了。但是威利·赫森已经走了，衣服、塞满沙砾的靴子、卡车，一切都不见了。那口锅还在冒气。水还是热的，里面漂着一只黄蜂窝。有几只迷茫的黄蜂还在围着那棵棉白杨树飞舞。尘土里有脚印。既然威利不在他的汤锅里，那就不必浪费辣椒粉、玉米和樱桃了。很可能还会有另外的机会。

正当他们要转身离开时，尤利塞斯·伯德踩到了那小杂种炖，热水已把它煮成了一只黑色的水母，像沥青一样粘在他的靴子上。他用一根棍子将它刮下，先把棍子戳进去，然后把它举了起来。它晃悠了一下，还闪闪发光呢。

"不管它是什么，看上去像是新鲜的。"他说，"它看起来形状不错，但我怀疑它不是来自奶牛身上，更像是鸭嘴兽的胞衣。"

阿曼达·格里布突然从他的手中抢过那根棍子，将那团东西拨入热澡盆。"好了，让他在他的食人生番的锅里找这玩意儿吧。"

几个星期以后，干旱将食人生番的热澡盆里的水蒸发完了，那小杂种炖又一次霸占了锅底。

上个月，威利·赫森才再次出现，他开着一辆一九四九年的路虎车，旁边坐着一个不会说英语的西藏女朋友。这两件事为他在埃尔克图斯的怪癖人群中赢得了杰出的地位。他甚至都没有看一眼那口食人生番的锅；他已经放弃了。

倒垃圾

今年冬天去世的施蒂费尔老太是一九〇一年出生在艾奥瓦州谢迪格罗夫的维维安·洛霍芙特。她于一九一五年嫁给了怀俄明州弗里蒙特县费埃尔克雷克尔的马克西米利安·施蒂费尔。她的丈夫马克西是去年一月第一个暖和的日子里过世的。他们两人都活过了一百岁。当他们收拾好行装上路时，他是一百零二岁，她是一百零一岁。屋子里塞满了古老而灰尘弥漫的垃圾。他们全保存着，从阁楼到地窖，到处都是垃圾。

他们的两个孩子克里斯蒂娜和"红猫"，命中注定要来清理这些东西，将好的、值钱的东西和垃圾区分开来。克里斯蒂娜个子小小的，满头银发，快七十岁了，而红猫已经八十，但身体还像金属栏杆那么挺直。红猫的双胞胎女儿帕齐·斯诺和温迪·多布森过来帮忙。她们两人都像她们的母亲，长着酒窝，不过头发也开始花白了。最年轻的一代，温迪的儿子杰基和帕齐的男孩林格尔德，都是二十来岁的人高马大的棒小伙子,答应来把那些重东西搬出去,并运去扔掉。

"我就是希望我们能把那辆旧卡车发动起来。"红猫说。

"我们会让它发动起来的。"杰基说,他是一个积累了许多成功经验的年轻偷车贼,所以信心十足。

红猫和克里斯蒂娜都不住在怀俄明,除了寄张圣诞卡以外,他们之间没有任何联系,所以清理工作有点像恐怖的家人团聚。这也是去另一个时代的一次旅行,去领略一番古生代的经历。尽管克里斯蒂娜和红猫已经有四十年没见面了,但是早年的敌意顿时涌上心头。在孩提时代,他们曾经挥拳打架,有好几次,红猫曾把克里斯蒂娜掐得晕过去。辱骂可能比肉体的虐待更坏,因为他老是奚落她,说她丑,说她臭,还说,她要是朝自己的脑袋开一枪,那就为世界做了件好事。他有时拿着他的.22手枪对着她,说:"砰!"他们之间原本的相互厌恶,已经像毒奶油一样,升到了极限。为了避开这一切,克里斯蒂娜建议,女人们清理屋子内部,男人们管车库和运输。

"如果你觉得这是你该干的,克里斯蒂娜,那就这么办。"红猫嘲讽地说,"如果你改变主意了,你可以出来同男孩子们一起干。"

克里斯蒂娜什么也没说。

"瞧瞧这乱的。"红猫说,这时他正同杰基和林格尔德一起站在老马克西的工具房里。他父亲以前特别喜欢空盒子，洋钉和无头钉，包括那些他有朝一日要敲直的弯钉子，等待修理的坏工具，各种各样的梯凳，破玻璃，压扁的桶，坏掉了的电子连接器，还有许多罐因长期不用而凝固的油和润滑剂。一种说不清道不明的令人不愉快的感情搅得红猫心头烦躁不安。仅仅是闻到那油腻腻的、令人沮丧的、乱七八糟的东西的味道，就让他觉得自己又回到了十四岁，受了惩罚。但是在车库里也有一些奇特而值钱的东西，例如那部几乎是全新的骑式割草机、一张漂亮的锯床和一只红木盒子，盒子一打开，露出一套古色古香的凿子。

大萧条年代的某个时期，他父亲曾放弃了牧场的经营，成了中学工艺课的老师，教几十个笨手笨脚的男孩复杂的斜接、精确的测量、烧木柴和做工具袋。几乎每年都会发生一次事故，总有一个或更多的学生割断或压伤了手指。多少年来，对任何一个吓坏了的人或者是残疾人说，"看来你是去跟施蒂费尔先生学手艺了吧"，已经成了一个乏味的笑话。

十岁的时候，红猫因父亲是老师而感到很骄傲。等他进了中学，他却感到非常尴尬。他父亲是个活笑料，是残害青年的人。上他的课是一种有仪式感的过程，因为几乎没人逃过割破、擦伤或严重的碾压。当地有个出名的故事流传了许多年。讲的是爱德华·尼科克，一个医生的儿子，一个懦弱的男孩，在施蒂费尔先生去上教师厕所的时候，被人扒下裤子，用打磨机打磨。施蒂费尔先生是经常上厕所的。夸大的故事还说，有一两个孩子将一些东西——究竟是什么，从来没有具体说明过——塞进了爱德华的臀部。尼科克医生要求逮捕参与的学生并开除马克西米利安，但是此事像一阵风一样吹过去了，尼科克一家搬到加利福尼亚去了。

工艺课是必修课，而该课唯一的老师是施蒂费尔先生。红猫受尽折磨，天天反抗，招来鞭打和狠揍。他在十七岁中学还没毕业时就逃走了，在小吃店干了一年，一九四三年参加了海军，目睹了南太平洋的战事。从战场回来后，他回家了，穿着他的新便服，一条棕黄色的便裤、一件马球衫和一件体面的花呢上装。

"你看上去很帅，"他母亲说，"像一个成功的商人。"

"如果我能筹集一笔启动资金，我就想这么做。"他说着，扼要地讲了一下想开一家宗教书店的计划，因为如他所说，他在服役期间"见到了圣灵之光"。令他惊讶的是，他母亲问他需要多少钱，而当他说两千美元时，她微微一笑，说她可以帮他解决此事。他们再也没有谈起此事，但是第二天他出门时，他母亲递给他一个马尼拉纸信封，让他上了火车再打开。在信封里，有两千美元。但是书店没有开成，小餐馆、讨债公司、古玩店都没开成，尽管母亲曾为他的每一次商业冒险都提供了启动资金。最后,他放弃了成为独立企业家的想法,定居在阿尔伯克基,在一家干洗连锁店工作。

"天哪,瞧瞧这个。"杰基举起被油漆粘在木板上的一支画笔。

"扔了它。"红猫朝旁边那只垃圾桶示意了一下。那天上午,同样的话他说了一百多遍,到了中午,杰基和林格尔德已经在私人车道上堆了山一样高的垃圾。在将那些东西拖出车库的间隙,他们轮流去尝试发动那辆旧的雪佛兰卡车。他们喝了一个上午的啤酒,有点醉了,尽管老得往屋里跑,不过他们尿憋得厉害,不得不穿过古怪的、堆积起来的垃圾,走向那唯一的浴室。

在屋子里,克里斯蒂娜、帕齐和温迪在忙着处理许许多多折叠的纸袋。

"简直有上千个!好吧,我也存一些塑料袋,但是这些袋子……上面全是老鼠屎和灰尘。"纸袋相互粘在一起,成了又厚又大的硬块,似乎它们想变回它们早年的树木形象。

"小心,克里斯蒂娜姑姑,你在弄老鼠屎时会感染上汉坦病毒的。"

"我不碰老鼠屎,我已经戴上了橡胶手套,我只是把这些可怕的旧纸袋放进大垃圾袋里。过了几年,她一定已经发现这些东西对她已毫无用处,但她还是留着它们。"

"我倒不是这么想的。"帕齐从那堆东西最上面的一个纸袋里抽出一张食品杂物铺的发票,"实际上,我觉得,她是干着干着就停下来。看看那日期——那是一九五四年。她大概是在那时停下的。"她从那堆东西的底部附近抽出一个纸袋,找到了一张一九二四年的手写的面粉和白糖各一百磅的食品清单,支付的金额很少,上面有个附注说,她带了六打新鲜的鸡蛋来抵扣她购买的东西的费用。

"我还记得那些鸡,"克里斯蒂娜说,"有好多,她还特别关心它们。我一直以为她关心那些鸡比关心她的孩子们更多。"

"如果我们在处理这些东西时,能有个防尘面罩,我的感觉会好一些。"温迪说,她是红猫的两个女儿中比较挑剔的一个。

那位老太当年很喜欢坛子、布片、也许可以用来缝成被褥的旧衣服,当然还有食谱。她不知疲倦地剪下制作无核小葡萄甜饼、巧克力蛋糕、酸黄瓜和处理一些剩菜的方法。美其名曰"猪与土豆"(吃剩下的香肠和冷土豆泥)、"罗马假日"(吃剩下的通心粉加碎刀豆)、"鲑鱼糕"(罐头鲑鱼加吃剩下的通心粉)。几十年以来,维维安·施蒂费尔一直把那些食谱贴在笔记本上、账本上、小说里和说明书里,还在扉页上注明所收集的资料的日期。在客厅的玻璃书橱里排列着几十本这样的书。这些食谱表明,施蒂费尔一家的饮食以甜食为主。这位老太每周一定用了十磅白糖来做巧克力奶油派、"俄克拉何马馅饼"和奶油蛋糕。她还自制酒浸樱桃和调味番茄酱,那是一种将牛肉末、板油和吃剩的酸菜汁放在坛子中浸泡的古法制作的肉末——现在已经没人知道怎么制作这种食物了。不过,企业食品供应商一直在进步,因为许多食谱是用来制作科瑞牌起酥油、博登牌淡炼乳、金斯福德牌玉米淀粉和其他大宗生产的食品的。在二十世纪五十年代的某个时期,她停止了收集食谱。书架上的最后一本书上的日期是一九五五年,而且只有少量的几张食谱贴在《读者文摘》缩写本的书页上。

"把这些可怕的旧食谱贴在那些很好的书上,毁了那些书,是可耻的。"帕齐翻了一下《改良版农场主记录和账簿》,掉出一张纸来。那是一张申请加入农场联合会的正式表格,有一部分已经填好了。上面填的县的名字是弗里蒙特,社区名为费埃尔克雷克尔,但是既没有签名,也没有注明日期,也许是因为在这一页的底部有一项提示,提交表格时必须附上一张十美元的支票。

"瞧瞧这个。他们甚至没钱参加农场联合会。在二十世纪二十年代,十美元是一大笔钱。"帕齐说。在这张申请表的背面,是一张不完整的"阳光草莓"的食谱。

第二张纸表明,年轻的施蒂费尔夫妇在结婚后的最初几年里生活很拮据。这是一封讨债的信,已经给对半撕开了。上面用古怪的字体写着:"我们相信,你们不会迫使我们对这张支票采取法律行动的。"在签名下面是几段铅印的文字,叙述对伪造罪、开空头支票、付假币的惩罚条款。

"啊,"克里斯蒂娜看到她父母贫困的证据时说,"可怜的老家伙。"

在那时,从来没有钱买新衣服和糖果。她还模糊地记得,她曾跟着母亲沿着一条泥路走了很长的距离。当时,她一定还很小,大概只有两三岁。现在,站在那间堆满了纸袋的餐具室里,她还能记起那刺痛她光脚丫子的砾石。她一定没穿鞋。她们来到某片荒地,那洼地里堆满了乱七八糟的旧汽车零件、磨损的轮胎、破布、飞来飞去的纸片。有一种很臭的味道,她现在才想起,那一定是当地的一个垃圾场。她母亲走进这垃圾堆,捡起一些东西,又把它们扔了,或者把它们抛到克里斯蒂娜等着的地方。有一样东西从空中飞过来,落在克里斯蒂娜身边,发出沉闷的当当声。那是一只无臂洋娃娃。那个不幸的玩具曾经掉在岩石上,脑袋上有一个新的裂口,从前额穿过眼睛一直到下巴。不过,那头发虽然很脏,却是可爱而漂亮的金黄色的,那眼睛还可以睁开,而且几乎能闭上。她曾经同这娃娃玩,很爱它。过了很长时间,她才把她和她哥哥穿的洗过又补过的衣服同她母亲去翻垃圾堆的事联系起来。她记不确切她母亲曾从那臭烘烘的垃圾堆里找破衣服,但是她离开垃圾堆时,肯定已经有东西塞进她那粗麻布的袋子里了。

克里斯蒂娜朝炉子上方看了一眼，看到了那把古老的茶壶。这就是她得到的遗产。她母亲在遗嘱里把房子和地留给了红猫，给克里斯蒂娜留了那把古老的铁茶壶以及屋子里她想要的任何东西，剩下的东西全部出售，收益全部归她。在茶壶这个遗赠物上贴着一句奇怪的话："少就是多。"她听她母亲说这句话有多少次了？成千上百次了。这么一把其重无比的旧铸铁茶壶，很可能是有人扔掉了它，换了一把新的亮晶晶的铝壶。这茶壶是她母亲最喜欢的东西之一，她不喜欢别人用这壶，坚持要亲自灌满它。克里斯蒂娜不大在意母亲对这无聊的东西那么小心翼翼的呵护，只关心自己的爱好。她记得很清楚，它的出现就在他们家的穷困有所缓解的时期。她模糊地想起，当时她母亲在擦洗那茶壶，而她在哭诉，开学第一天，她多么需要一条新的连衣裙。

"我们就是没有这钱。"她母亲说，"把你那条蓝色的旧连衣裙拿下来，等我把碗洗了，我会在裙边上缝一些蕾丝上去。但是，我跟你一样，希望你能有两三条漂亮的新连衣裙。"

她把那条蓝色连衣裙拿下来了，她恨死了它那小孩子气的泡泡袖，还有那已经褪掉了的颜色。不可思议的是，到了早上，那条蓝色的连衣裙不见了，取而代之的，不是一条而是三条新连衣裙。这几件衣服她记得非常清晰。一条是柔软而光洁的人造丝的，很浅的粉色，还有白色的条纹。它有奇特的、打褶的连衣裙上身，还有两个小蝴蝶结衬托出方形领口。尽管她年纪很小，但是她意识到这件衣服很时尚。另外一条是深蓝色的羊毛连衣裙，有一个白色凸纹布的小圆领，这是一条很像成年人穿的连衣裙。第三条是她穿得最多的一条，是红宝石色的灯芯绒无袖连衣裙，带有两件圆领的针织衫，一件是浅绿色的，一件是雪白的。

中学时，她选了秘书课。十九岁时，她毕业刚一个星期，就得到了夏延一家律师事务所的聘书，离开了家。那是一九五五年，她有了一个新钱包，里面有一百美元，是她母亲塞在她手里的，还说："把这个拿着。"克里斯蒂娜无法想象，她怎么能攒出这么多的钱。当时家里还没有电呢。

在夏延，她在家庭旅馆里租了一间昏暗的小房间。律师事务所的工作很烦琐，而且责任很大。律师经常夸奖她仔细可靠。她本来可以在那里精打细算地度过余生，周末回家，过着小日子。但是她结交了一个朋友，罗斯·克洛弗。她也住在这间家庭旅馆里，还拥有她自己的生意，一家小松糕面包店。当年，克里斯蒂娜把满头金黄色里透着红色的头发绾成了一个发髻，那头发在罗斯的手中滑动，扎成束。她们之间的第一个纽带是都恨她们的哥哥。罗斯受的折磨比克里斯蒂娜更厉害，因为比她大八岁的哥哥克莱，从她五岁起就一直对她进行性侵犯，直到她离开家。

她们天天盼着周末,到时她们会去看电影——罗斯称之为"演出",然后在公爵酒店吃一顿丰盛的晚餐。有两次,她们租了两辆自行车,带着野餐的食品,朝草原的路上骑去。罗斯说要买一辆汽车,可是连一辆旧的破车也要几百美元,汽油又是二毛九分钱一加仑,看来开销太大。她们俩谁也不喜欢男人,而且一致认为,夏延这地方,受到沃伦空军基地的污染,很可怕。

克里斯蒂娜穿着"新时尚"牌子的时髦的长直筒裙,脚踏芭蕾鞋,而罗斯却要在面包房里过日子,所以穿着蓝色的牛仔裤和T恤衫,上面总是沾着面粉。

有一个周六,她们坐公共汽车到科罗拉多州科林斯要塞的大学里去看一场电影,费里尼的《卡比利亚之夜》。当她们随着一群学生离开电影院时,罗斯说:"我要去别的地方,我要去看看世界上其他的地方。我们在度假的时候去吧。你有没有出去度过假?"

"没有。我们要去哪里呢?"

"西雅图,"罗斯说,她刚看了本杂志,"或者洛杉矶。加利福尼亚州的什么地方。看看大海、电影明星、棕榈树,好吗?我们该休假了。其他人去旅行,我们为什么不该去?也许我们会去意大利。"

接下来,她们讨论了几个星期,才决定旧金山和洛杉矶都去。由于她们没车,两人又都不会开车,所以她们尽量坐火车和大巴,一到达目的地就步行。第一站是洛杉矶。

洛杉矶很糟糕。那里有棕榈树，但她们看见的许多树让她们想起了放大了许多倍的夏延。她们从那家便宜而喧闹的天使旅馆出发，没完没了地朝不同方向走了四十八个小时以后，才乘上了去旧金山的大巴。

"没有棕榈树了，"罗斯说，"但是看看那些花哨的房子。不过，你能看到什么吗？"她加上了一句，因为起雾了。

这是克里斯蒂娜一生中的第一个假期，这是她见过的第一座大城市，太平洋是她见过的第一片海洋。她们观光，坐渡船，过金门桥，在奇妙的餐厅里用餐，共享一张床，那下陷的床垫让她们全滚到床的当中，日子过得非常愉快。罗斯对金门桥还情有独钟，因为它是她出生那一年建成的。

"但愿我们不必回去。"最后一晚上，克里斯蒂娜对罗斯耳语说。罗斯把头转过来时，赫色的卷发轻轻地拂过。

"不必回去。这里到处是工作。我向你保证，我们明天一早出去，十分钟左右就能找到工作。困难的是要找个住的地方。你想试一下吗？"

"是的。"克里斯蒂娜横下心来说，想到她一辈子都能度假，能够同罗斯在一起，共享一个家，不管它有多小，就感到很诱人。罗斯抱了她一下，悄声说："真的，真的很棒。这样我们就有机会摆脱怀俄明的老一套陋习了。我不想当面包师。我不想嫁给一个可怕而小气的牧场主，还必须在美女牛仔的聚会上送上一盘遮着的菜。我要去上大学。我要有我自己的钱和我自己的生活……还有你。"

日子就像针穿薄棉布一样，一年一年地滑过。罗斯想受教育，她上了大学，然后读研究生，获得了城市规划的学位。克里斯蒂娜开始在百货店里工作，慢慢地成为一些高级妇女商店的主要客户了。她买了一辆车，学会了开车。每年她们享受两次假期，去过墨西哥城、马丘比丘①、威尼斯、夏威夷、瑞典。她们的大多数旅行集中在罗斯想看的城市。在悉尼，她们细细参观了从旧仓库改造成的雅致的水边公寓，她们到蒙特利尔去参加莫瑟·萨夫迪②的"生境馆"的三十周年庆。在伦敦，罗斯谴责了这个城市里举世闻名的牛仔建筑，因为这些建筑夹在乔治王朝时期的建筑物和帕拉第奥式的杰作之间，显得特别俗气。连丹佛都有些有趣的地方，如旧的牲畜饲养场、代养马场、乳品厂、鞍具制作车间、有轨电车停车库、供流浪者们投宿的廉价旅馆

---

① 马丘比丘是位于秘鲁安第斯山脉的一座印加古城。
② 莫瑟·萨夫迪，1938年出生，著名加拿大籍以色列裔建筑师，他为1967年蒙特利尔世博会设计了"生境馆"。

以及改造成昂贵的酒店式公寓的西部衬衫工厂。

几年以前,两人都退休了,现在开着蟾蜍牌房车在国内旅行,车身后面饰有一张蟾蜍的贴花,那些曲线表明它有力的弹跳。

"那就是我们,"罗斯在笛箫谷①的停车场停车时说,"就是到处跳。"她们都从一个印第安人小贩那里买了一根珠子项链送给对方。那人的货物就摊在那深深的峡谷上方低矮的岩石墙上。罗斯看到高高的悬崖上的房子,倒吸了一口气,克里斯蒂娜试图想象,怎样才能沿着陡峭的石壁上下攀爬,回到家里去。悬崖上的居民一定是人类中最灵活的人。可是现在,她正在她出生的地方,在一栋小房子里往垃圾袋里塞旧纸袋。她希望他们能在一天之内结束这一切。她向往着汽车旅馆和她的伏特加和橙汁。她要给罗斯打电话。

"不过,现在,"她说,"我要去冲一杯咖啡。谁想要一杯热腾腾的、好喝的速溶咖啡?"她很有远见,带来了一个杯子。帕齐和温迪都摇摇头。帕齐在喝可乐,而温迪是个素食者,喜欢草本茶。

她在水槽旁往茶壶里灌水,赶走了一只吃惊的蜘蛛。离那条界线还有一半的时候,水溅出来的声音引起了她的注意。从茶壶中漏出来

---

① 笛箫谷(Canyon de Chelly),又译"谢伊峡谷",位于亚利桑那州内的印第安人保留区,与大峡谷齐名。

一长条水珠。她举起茶壶，看了一下。底部有一个小洞。

"天哪，"她说，"看来根本喝不成速溶咖啡了。我继承的那把伟大的茶壶有个洞。我真希望他们把钱用来买一台微波炉，不过没有这么走运。"她把那把壶放在水槽里，让水从那受损的底部流尽。

"克里斯蒂娜姑姑？"温迪喊道，"这是什么？"克里斯蒂娜把脑袋伸进了餐具室，她的两个侄女还在那里折腾那些纸袋子。温迪正指着橱顶上的一个匣子：**电子世界微波炉**。

"我简直无法相信！你只要想象一下，她从来都没打开过它。很可能它已经在那里放了好多年了。"克里斯蒂娜伸手去拿那个匣子，小心翼翼地，动作不太快，因为上面一定会有很多灰尘，会让人大打喷嚏的。但是匣子上面没有灰尘，看上去很新。她迅速地将炉子插上电，烧起了水。

"很好。这样我们过一会儿可以喝热汤了。"

温迪还在琢磨那台微波炉。"你知道，"她说，"这确实是一种新牌子。前些日子我在沃尔玛看到过。很新的。"

"是个谜。"克里斯蒂娜表示同意。

父母的贫穷让红猫感到很难理解。老爸善于计算，喜欢解决数学问题。过去他经常给孩子们出一些讨厌的难题，强迫他们去计算筒仓的容量，开一辆六铧犁的拖拉机每小时要花多少钱，估计一下在某个特定的草垛里有几吨干草，算出一条水渠的容量，一磅钉子的数量，一节棚车车厢能装多少菜牛。克里斯蒂娜这个捣蛋鬼，当然会设法去解决这些无法解决的计算题，还会在他们父亲不相干的、无法计算的要素上，再加一些要素，例如，如果下过大雨，泥浆很深，车厢里有洞，钉子的大小各不相同，从三美分买一百枚的小钉子到十美分买一百枚的栅栏钉不等，把问题弄得更难了。红猫意识到，这些问题是无法解决的，是父辈折磨人的一种方法。而且，尽管他父亲具有数学天赋，但家里从来没有过钱。是什么让他父母如此节俭，如此小气？他估计是那次大萧条，父亲被迫放弃了牧场，去教工艺课。他突然觉得，也许他父亲同儿子一样憎恨工艺课。令人费解的是过去三十年他们是靠什么为生的。他父亲是不是有某种教师终身养老金？是社会保障让他们活了下来？难道他们通过什么方法继承了一笔钱，而无人知道？他母亲从哪里找到的钱，能年复一年地资助他去开创他的事业？红猫从来没有还过一分钱，现在他非常想知道他母亲的钱的来源。他们可能有某个秘密的储藏室。可能老爸曾经找到过值钱的化石，或者他母亲曾经赢得过出版商的彩票。

"我去洗一下这些小摆设，"温迪说，手里拿着一盒子在屋子里收集起来的瓷器装饰品,"全是灰尘。"她在水槽旁舒了口气。

"克里斯蒂娜姑姑,你准备怎么处理水槽里的这把旧壶啊?"

"拿过来给我,我会把它拿出去给那些男孩子,他们会把它扔到垃圾堆里,哪儿来哪儿去。"她朝窗外的私人车道看去,马克西的那辆古老的卡车就停在那里。一大堆垃圾已经堆积在旁边了。在装车之前,杰基再次试图把卡车发动起来。那车发出了难听的嘎嘎声,一动也不动。

"你会把蓄电池里的电用光的。"红猫从车库里面喊道。

"爷爷,那是我们带来的全新的电池。没问题。"

"啊,我希望他们能把它发动起来,那样我们就可以把这些乱七八糟的东西清理完毕,离开这里了。"克里斯蒂娜说,手里拿着那把壶,但拿得远远的。此时,那发动机发出轰隆轰隆的声音,发动起来了,排气管中冒出了滚滚的蓝色烟雾,还有一只老鼠窝。

克里斯蒂娜松了一口气。"这真是**有点太省力**了,"她说,"这就像微波炉的事儿。在这里,有些很古怪的事儿。"她手里还拿着那把壶,大声地说,"我真希望,等我打开冰箱时,我会找到好喝的伏特加橙汁,还有冰块。"她把壶放在灶上,朝冰箱——她母亲一直称它为冰匣子——走去,拉开门,就看见一只雕琢精致的高脚水晶玻璃杯,里面盛满了晶莹的冰块和橙汁。在结了霜的杯口上还有一朵新鲜的、香喷喷的橘花。她尝了一口饮料,把杯子喝干了,关上了冰箱门,手里还拿着那把壶,出门朝车库走去。

"红猫。"她喊了一声。

"什么事?我忙着呢,长话短说。"他用惯常的严厉而不耐烦的口吻对她说道。

"啊,没什么。我不麻烦你。"她把壶拿到卡车旁边的私人车道,对杰基和林格尔德说,"我真希望这卡车能出色地跑上许多年。"

"我也这么想,"杰基说,"你觉得这卡车能给我们吗?我的意思是,要是施蒂费尔奶奶没有把它留给别人,行吗?"

"我能肯定,她是想让你们两个男孩子拥有它的。但是你们住在不同的城市,你们怎么能共享它呢?"

林格尔德说:"在谷仓里还有一辆车——小汽车还是卡车,我说不准。不管它是什么,只要不是全坏了,我可以要它。"

"我可什么也没看见。"杰基说,"那是什么?"

"你问住我了。在一块很脏的油布下面,我只是掀开了一个角,看见两只瘪掉了的后轮胎。"

杰基马上去谷仓了,克里斯蒂娜回到屋子里,手里还是拿着那把茶壶。

十分钟以后,杰基回来了。

"是什么？"

"老兄，听好了。那是一辆四三年的威利斯吉普。完好无损。它还有能旋转的车前灯和拉手的吊带。"

"别胡说了！"

"是真的。"两人一起去了谷仓，红猫听他们欢呼了一阵，才亲自去了那里。

"我记得那辆吉普。"他说，"爸在战后买这辆车时，我正在他身边。是战争剩余物资，花了他一百五十美元。他开了好多年。这是世上最不舒服的车。"

"谁管它是不是舒服呢，"杰基说，"这辆车太棒了，是收藏品。"

"收藏品？"红猫说，他闻到了钱的味道，"值钱吗？"

林格尔德意识到，他的战利品可能会消失。"与其说是值钱，不如说很酷，"他撒了个谎，"用美元计算，它不值多少，可是从酷的程度来说，倒是可以算算。"

"这种车很危险，"红猫说，"看见那驾驶杆了吗？那些东西戳进了好多士兵的肚子。"

"我开的时候会穿上防弹服的。"林格尔德坚持要这辆车。

"如果我们租一辆拖车，把它挂在卡车后面，"杰基说，"我们就可以把两辆车都开回加利福尼亚了。明天。"

"如果你们的母亲们同意,我想是可以的。"

但是,帕齐和温迪反对,后来红猫花了十分钟,大谈什么冒险精神呀、大丈夫气概呀、要证明自己呀,还有在克里斯蒂娜看来男性其他一些荒唐的本事,她们这才屈服了。

在厨房的一只抽屉里,温迪发现了几十张早餐、午餐和晚餐的菜单。她把它们拿给克里斯蒂娜看了:"你觉得她每天都烧这些菜吗?"有一张标着"周三晚餐"的菜单,上面写着:

加干酪的罗马式杂烩

堪萨斯油炸玉米馅饼

杰克南瓜灯蛋糕

在保留下来的菜谱书里有几十张令人讨厌的剩菜调制法的单子。克里斯蒂娜一下子就明白了这是怎么回事。她母亲从未烧过这些菜。像早些时候的有钱女人那样,站在厨房里,手扶着茶壶,给厨师出示一天的菜单,定下一天的菜肴,一定是很惬意的。但是,克里斯蒂娜看到她那不谙世事的母亲定的那些十分可怕的菜肴,感到很心酸。所有的菜单都来自她收藏的菜谱,里面掺杂着小心翼翼地从妇女杂志以及罐头和包装盒后面剪下来的漂亮的菜名。似乎从来没有任何一件事比这更令人伤心。

三年前，红猫接受了前列腺切除术，在切开会阴时，将两束神经都割掉了。手术后，他就从来没有勃起过，由于随之而来的失禁，他一直穿着尿垫。尽管他很高兴自己还活着，但是他的处境让他变得很容易生气，脾气急躁。看到两个外孙健康又高大，到处跳来跳去，谈论着汽车、姑娘和音乐，他感觉受到了严重的打击。同时，他又可怜他们，想提醒他们，一旦他们牵涉到感情和金钱问题，为宇宙、未来、事情的正确与否等问题感到烦恼时，艰苦的日子就会到来，然后就会感受到肉体逐渐的、可怕的背叛。

他不会知道他会比他们两人活得更久，不会知道再过十八个小时两个年轻的冒险家会死去，因为联邦快递公司的一辆半拖车擦过了拖着吉普的那辆拖车，让吉普和那辆卡车滚下了那陡峭的堤岸，掉进一个干泥塘里。事故调查组宣布了一个令人悲痛的消息，如果他们系了安全带——在前安全带时期的卡车里是没有安全带的——他们很可能会活下来。而那辆卡车本身，除了几处凹痕之外，并没有受损，还可以开。

克里斯蒂娜已经回到罗斯那里，当她听到这可怕的消息时，她责怪红猫。她憋了一肚子的火,拿起了那把旧茶壶,说:"我但愿我哥哥从楼梯上滚下去,跌断他的脖子。"

而在怀俄明州的卢斯克,一个名叫里奇·希基的退休的养路工,被拖在地上的浴衣的腰带绊了一跤,一头滚下了楼梯。他是马克西·施蒂费尔在一九二八年去买牛的一次旅行中留下的不为人知的私生子。

那茶壶是不讲情义的。

佛罗里达的租赁业

比德斯特拉普三兄弟，特格、博比和琼，走进了酒吧，他们的眼睛直盯着阿曼达。她知道，这是他们有坏消息的迹象。这些安装栅栏的人通常是去"马迪的洞穴"店办事的，所以他们在皮维酒吧出现，就是件大事。他们进来的时候，人人都朝他们瞟了一眼，但没人盯着他们看。皮维的顾客们都引以为傲的是他们的冷静。当陌生人进入酒吧时，他们都表现得很酷，但会注意到那些稀奇古怪的行为和言谈中的每一点微妙之处，以供日后剖析。当五个藏传佛教僧侣穿着红橙色的僧袍走进来点茶时，没有一个人眨一下眼睛。那些和尚个子都很小，警惕性很高，散发出一种驯马师那样的刚毅有力的气场。他们走了以后，哈德·温特·厄尔夫说："我可不愿意同这些家伙作对。"当一辆挂有路易斯安那州车牌的厢式小客车开过来，两对喧闹的黑人夫妇走进来要墨西哥龙舌兰时，没有人说什么，也没有人直视他们。可是阿曼达听见这种请求，一年中不会超过两次。不过阿曼达在放着难得用到的酒瓶的柜子后面翻找的时候,其中一个女人开玩笑似的对她喊道:"加鞭啊,姐姐!"这句话却给记下来了。

由于长期暴露在阳光下,比德斯特拉普兄弟的皮肤晒得几乎发黑了,碱性的尘土和风把他们的眼睛吹得红红的,他们的破衣服上有几百个碎片,日子长了,吹成了棉花球。因为同刺铁丝打交道,他们的手上全是伤痕和结了疤的又短又红的伤口。他们穿着最结实的靴子,一个人还套着蛇皮的鞋罩。老二博比的帽子是用一圈三级电子栅栏线当帽圈的。

"特格!"牧场主鲍勃·厄特利喊道,他一直是个爱逗乐的监工,"看上去像是你老婆把你挠的。"听到这无聊的玩笑,比德斯特拉普家的老大微微地一笑,但是眼睛还是盯着阿曼达。

"三份,"他说,"一大杯和一小杯。"

她小心翼翼地把几杯威士忌放在栅栏工人面前的吧台上。

"今天很累吧?"她拐弯抹角地想探听那坏消息,想让他们讲出来。他们在替她安装栅栏。

"还正常。不过你的邻居可够呛。"

"是些人物,"阿曼达说,"丹佛的一家大公司。还有奥蒂斯·温赖特·伦奇是州内最卑鄙的经营者。这么说,是他今天干什么了?"

"昨天晚上。我们星期五装好的栅栏,"博比说,"昨天晚上给割开了。"

特格咽下了他的威士忌,打了一个嗝。"我觉得,是为霍华德干活的那个家伙干的,叫布里克还是什么。我觉得他坐过牢,身上那么多文身。当时,你家里大概有三百头身上刺了3J的奶牛。"

博比又插嘴了。"那些奶牛都很野。似乎是马戏团的牛,或者是诸如此类的东西,它们像鹿一样,能跳能跑,还能像鱼一样游水,连牛犊都是如此。那些奶牛可是不好惹的。"

那个小弟弟琼同往常一样,没说什么。

几年以前,琼·比德斯特拉普的照片曾登载在《西部牛仔》的封面上。他在重现古时赶牛场景中扮演骑手。洛杉矶盖伊·马奇猎头公司的一个专门从事西部新人才发掘的秘书,看到了这张照片,年方二十的琼,身材修长,很帅气地穿着猎人穿的皮护腿套裤、小牛皮背心,还有与他眼睛的颜色相配的天蓝色的牛仔围巾;她倒吸了口气,给盖伊·马奇看了这张封面。马奇立刻看到了一个新的罗伯特·雷德福[1]。他亲自驱车去埃尔克图斯,并劝琼说,他的好运正在好莱坞等着他。

琼从来不知道自己好看,但是他说,他猜他会试一试。不过,等琼到了西海岸,盖伊·马奇发现,他那倒霉的宝贝不完全符合当前男

---

[1] 罗伯特·雷德福,1936年8月18日出生于加利福尼亚州,美国导演、演员。

性美的典范：琼的嘴唇太薄了。同比德斯特拉普家的所有人一样，他的嘴很小，几乎没有嘴唇，只能吃饭、谈话和偶尔地微微一笑。盖伊·马奇说，有一个重要的角色会出现在一部以约翰逊县的战争①为主题的电影里，这部电影有一个新的角度，不是抗议大牧场主的贪婪和统治地位，而是一场飓风迫使开荒者造反。他说，那个年轻开荒者的角色非常适合琼，那个年轻人被飓风摧毁了，失去了家人，变坏了。他劝琼说，胶原注射能给他适合那个角色的那种嘴。盖伊·马奇说，他对此事非常有把握，他本人可以支付这笔费用。结果很不幸。比德斯特拉普家的小弟弟脸上最后出现两条在争位的短蚯蚓。现在那张脸显得鼓鼓的，变了形。几个月以后，他回到埃尔克图斯，同他的哥哥们一起安装栅栏。他难得说话，总是避开镜子，像一只挨过揍的猫一样胆小。

"我们已经把大多数牛赶到溪那边去了，"特格说，"但是它们把你的花园破坏得很厉害。我们没有全抓到。那里还有一些。"

阿曼达又斟了一遍酒。酒瓶的重量让她的手在微微颤抖。

"最糟糕的是，"特格说，"伦奇给了我们鱼钩公司的一个大工程。

---

① 约翰逊县的战争，又名波德河之战，是由"开放牧场"争议引起的，以大牧场主和畜牧公司为一方、小牧场主和牧民为另一方的武力冲突，从1889年一直打到1893年。

我们得为他干很多活，才能度过这一年。"

"噢，天哪。"阿曼达说，心情很沮丧。

埃尔克图斯位于狗耳朵溪谷的上游，在安格尔艾恩山脉的西坡上。沿着溪谷走四十英里有个大一些的萨克镇，那里有沃尔玛超市，成功地吸纳着这地区仅有的一点钱，不过有一个例外。埃尔克图斯的三个酒吧比萨克镇的任何一家酒吧都高级，吸引着一批肯花钱的顾客，有些来自遥远的大派因尼，甚至塞莫普。在三家酒吧中，皮维是最受欢迎的。它具有十九世纪的氛围，有啤酒、肥料、威士忌、被汗水浸透了的帽带、热炉子、蒙着灰尘的橡木，还有调酒员阿曼达·格里布点燃的被误传为矮松的一种香。其他两家酒吧，"马迪的洞穴"和西尔弗蒂布，也有它们的忠实顾客，但皮维酒吧吸引着成群的顾客。

阿曼达·格里布在皮维酒吧当调酒师已经八年了。她住在她自己安装的单人活动房里，建在一块四分之一平方英里的地上。这里曾经是二十世纪六十年代解散的格里布大牧场的一部分。她有个花园，有一棵病恹恹的苹果树，是她用一桶桶狗耳朵溪的水把它救活的。这条溪相当大，在本州的其他任何地方完全可以称之为河。阿曼达·格里布的周围全是牧场和吃牛肉的人，但私底下，她却是个素食者，非常不喜欢奶牛。这一点，连她自己的母亲都没猜到，她还养着几头牛呢。

皮维酒吧收银台旁边挂着的那本日历里总是有各种各样牛的鲜亮的照片，这让她很心烦。在不上班的日子里，阿曼达很幸福地在园子里种着一畦畦马铃薯，还摘豆荚。她在皮维酒吧里闻够了人身上的味道和烟味，从安格尔艾恩通道的花岗石峡谷吹来的一阵阵风让她闻到了很干净的石头的味道。

狗耳朵溪对面的土地是属于红峡谷牧场的弗兰克·弗林克的，但是弗林克在一年前把它卖给了一家从事牧场投资的 JJJ 牧场公司，这家公司在得克萨斯州、加利福尼亚州、蒙大拿州、新墨西哥州和怀俄明州都有子公司。在当地叫 3J 公司或鱼钩公司。它的经理是奥蒂斯·温赖特·伦奇，他个子瘦小，眼睛四周有很大的黑圈，似乎永远无法从严重的青肿状态中恢复过来。伦奇一心想赚钱，他的手下听他的指派，甚至会去把别人家的门打开或者割断铁丝，让 3J 的牛跑到他们的土地上去。由于 3J 的土地都是过度放牧的三齿蒿丛和藜科植物，阿曼达·格里布的那片长满了青草的四分之一平方英里的土地，是值得来骚扰一下的宝地。而且因为阿曼达是个女人，伦奇和他的手下都看不起她，以为除了几声鸡叫以外，不会遇到任何严重的反抗。可是就阿曼达而言，她已经决定，只要伦奇或者他手下的任何一个有前科的罪犯来皮维酒吧喝酒，她就毒死他们。但是这不大可能，因为鱼钩那帮人是光顾"马迪的洞穴"的，或者是独自在他们肮脏的卡车里喝酒。

阿曼达·格里布回到家,已经是午夜过后了。她把车停在她的活动房前,下了车,踩到了一堆新鲜的牛屎。在活动房的转角处,有什么东西在笨拙地移动着。她打开了门廊的灯,看见了五头秃顶的黑牛,她那残存的宝贵的牡丹花正在离她最近的那头牛的嘴边摇晃。她抓起了那把扫帚,尖叫着朝它们跑去,它们转过身去,慢慢地钻进黑暗,她却崴了脚踝,非常生气。

天一亮,她就全面地视察了她那被毁的花园,到处是大大的、凹下去的牛蹄印,把一株株小西红柿踩成了糊状,还踩坏了塑料的引水管。那棵苹果树折断了,被踩成了带状纤维。几乎没有什么东西没遭到蹂躏。她赶了一早上的牛,一边由于踝骨疼痛而瘸着腿,一边诅咒着那些牛,它们刚涉水走过那小溪,又转身离开了它们家里的不毛之地,再次朝阿曼达的家园冲过来。她知道,它们会穿过晚上在栅栏中造成的新缺口走回来的。她把最后一条牛赶过小溪以后,坐到活动房的最高一级台阶上,看着一片狼藉的景象。她发现了栅栏中的一个缺口,被割断的铁丝在闪闪发光。但是八点钟时,路上扬起了大片的尘土,给她带来了安慰。那是比德斯特拉普兄弟。

"我以为你们去为鱼钩公司干活了,不是吗?"

"我们对他说,不干。周围有很多活儿,我们不需要他的工作。"过了十分钟,割破的栅栏被修复了。特格站在活动房的台阶上大声对在屋里准备去上班的阿曼达喊。

"曼达？我听说了一桩可行的交易，不知你是否办得成。在惠特兰特有一个家伙有一些五英尺的钢丝网眼栅栏要脱手。我不知道价格是多少，但是它可以减缓那些人割栅栏的速度。钢丝网眼是挺棒的。我拿到了电话号码，你要给那家伙打个电话。如果谈得成，我和我的兄弟们可以为你去取货。"

她记下了电话号码，就去了皮维酒吧。比德斯特拉普兄弟不知道的是，她银行账户上的钱快要见底了，除非钢丝网眼一钱不值，否则，这事是办不成的。但是她还是打了个电话，找到了这栅栏的主人。他说，他有一千五百英尺的货，要价三千。这就像是三百万。

那天晚上，几百头3J的牛拥进了阿曼达的家园。她一觉醒来，觉得有什么东西在摇动她的单人活动房——那不是地震，而是一些牛在屋角上蹭痒痒。一些牛大摇大摆地踩着它们自己的粪便，在光秃的泥地里拖着脚步行走。一头姜黄色的大奶牛蹭牛蹄的方法就像是在磨刀。用扫帚去赶它们是不起作用的。那些牛又躲又转，好像在玩有趣的游戏。狂怒之下，她拿起那把由于干旱已经五年没用的格子布旧伞，朝着那头长着狡猾的、湿栗子色眼睛的姜黄色牛慢慢地走去，等她走到离它五英尺远的地方，尽管那头牛的眼睛死盯着她，她还是打开了伞，尖叫着扑了过去。那头牛吓了一跳，跑了。但是，半个小时以后，它们都对伞产生了厌倦。她去皮维酒吧上班的路上，拐到萨克镇的烟火亭里买了五十支冲天炮。第二天早上，那些牛遭到了火力袭击，大多数都跑到小溪里去了，但有些牛却坚守阵地，而那些跑掉的牛也鼓起勇气，跑回来了，只有在阿曼达直接打到它们时，才眨眨眼——真是些牛魔王。

看来，真是祸不单行。这时，皮维酒吧的老板刘易斯·麦卡斯基不理会她不愿在体育酒吧工作的抗议，把酒吧里的那台没有声音的旧黑白电视机送给了志愿消防队的资金筹集人，拿来了一台很大的彩色电视机。他把它堆在收银机旁边。他说，他已经买下了一种卫星服务，他们能看到一百多个台。

"一百个垃圾台，"阿曼达说，"一百个足球台。"

这不是埃尔克图斯的第一台酒吧大电视机。西尔弗蒂布拥有一台巨大的平板电视机，已经有一年多了。但是它只开过一次。那是它的老板雅克和马丁·龙德尔不知怎地从魁北克晃到埃尔克图斯来了，开了电视机看曲棍球比赛和环法自行车比赛。这是怀俄明州能看到环法自行车赛的唯一的一家酒吧。整整一个七月，欧文·亨盖特就没来过皮维酒吧，为的就是去看那伟大的比赛。在这以后的几个星期里，他谈话时，常常用一些法国式的词汇来炫耀，还提到 l'Alpe d'Huez[①]

---

① 法语，指阿尔卑—都埃，是环法自行车赛的经典赛段。

和Galibier①以及埃尔克图斯的任何人都不知道的其他地方。威利·赫森进来过一两次,感到很厌恶:"他们老是谈一些我听不懂的'鹈鹕'。"

但是,这台新电视机上的一个节目给了阿曼达一个很好的主意。她直接从酒吧打了个电话给她母亲。

"妈,我们有表兄妹之类的亲戚住在佛罗里达吗?"

"嗯……嗯,我妹妹尼娜在基韦斯特开了一个小旅馆。怎么了?"

"我不知道,我只是想我也许会去佛罗里达度假,可能去看看他们。"

"这想法很好。你准备什么时候去?我自己也需要离开这里一个星期。我很愿意去看看尼娜,我可以肯定,她会让我们免费住在她那里的。"

"啊,这个,我只是想想罢了。实际上我还没钱去呢。"她不想同她母亲一起去佛罗里达,"不过万一明年我能去呢,他们的地址是什么呀?她有没有结婚?有没有孩子,之类的?"

"她嫁给了一个在那里开冰淇淋店的人。去那里的旅游者很多,天又特别热,所以卖冰淇淋很赚钱。还有,他们有三个孩子,现在当然都成年了。最大的那个是沃尔特,卖保险的,然后是马尼,住在劳

---

① 法语,指加利比耶,也是环法自行车赛的经典赛段。

德代尔堡。我不记得最小的那个的名字了，那个孩子总是惹祸。我再想一想。"

过了一会儿，她打电话过来说，最小的那个是唐，是个重型器械的操作员，还是单身，但已经不惹祸了。她有他们所有人的电话，还说，她妹妹想到她们明年会去，高兴得不得了——她们当然可以免费住在小旅馆里。"她是这么说的，'免费'。这意味着'不用付钱'。"

周末，阿曼达给她在佛罗里达的表弟唐打了个电话，他听上去是最有趣的一个。她进行了自我介绍，描述了一下埃尔克图斯，她与鱼钩公司的奶牛的问题，并告诉了他她的主意。他大笑了一声，说这事儿可以办，但运费会很贵，不过他可以在周围打听一下，有没有卡车司机去她那里。他认识两三个赚外快的卡车司机，也许能找到。

当天晚上，他就回了电话。"出乎我意料，"他说，"事情变得很好办。真有一批相关的货物要运到卡尔加里去，司机说，如果你能在某个地方接他，免得他损失太多时间的话，他可以穿过怀俄明。他说，车停在——我不知道怎么念那个字，G-I-L-L-E-T-T-E——怎么样？"

"杰莱特，"阿曼达说，"就像'杰克和吉尔一起上山'这句歌谣。"

"他说，那儿有一家很大的卡车天堂。他说，他在星期天晚上十点三十分左右到。他的车是一辆不锈钢的、色彩斑斓的珠光紫色的大彼得比尔特车，说是车身上写着'雷德希尔·拜尔运输公司'，还有一张海豚的照片。他很可能想要一点好处，譬如一百块左右。"

"我会去的。"阿曼达说，拼命地想，周日晚上她怎样才能翘班。刘易斯·麦卡斯基会不高兴的。

但是他很高兴。一个志愿消防队员有一张新的DVD影碟，放映重新灌制的二十世纪五十年代的经典足球赛，是刘易斯非常想看的有颗粒感的黑白影片。那台新的电视机配有碟片放映机。一个闭门谢客的晚上，没有阿曼达老是来擦吧台和桌子的干扰，会很棒的。那是男人的夜游。他叫了他在消防队的密友，然后打电话给萨克镇的帕蒂快活比萨店，为这次狂欢订了十二份意大利辣香肠和洋葱比萨，不用送，有人会去拿那些饼的。

去杰莱特要走很长的路，要在乡间小路和山路上开六小时车才能到达水牛城的I-90公路。考虑到她的货物，她已经把她轻型小货车的后厢清理出来了，装上了野营车顶，以抵御寒风。九点，她到达了卡车天堂，走了进去，吃了当天的特色菜：一大盘法式炸薯条，外加炸鲇鱼、楔形的柠檬片和一塑料袋加了假冒塔塔沙司佐料的蛋黄酱。那地方挤满了痛饮咖啡和吃馅饼的卡车司机。阿曼达也要了柠檬蛋白酥馅饼，那味道像是加了白糖的塔塔沙司。

十点刚过，那辆雷德希尔·拜尔运输公司的车开到那个大停车场的后面，停下了。司机跳了出来，是一个上了年纪的人，留着拳曲的八字须。

"格里布女士？"

"是的。叫我阿曼达好了。谢谢你这么帮忙。"

"很高兴帮助你。那是你的卡车？"他不大满意地看了一眼她的轻型货车，"但愿它够大。两只大箱子。你能找人帮我把它们卸下来吗？"

"我来。"阿曼达说着，耸了耸她的二头肌。

但是第一只箱子非常重，费了好大的劲才没让它掉在地上。然后，那个自称为尼尔的卡车司机说了声"等一下"，就进了饭店。他出来时，带了两个穿着牛仔靴的大力士。不到一分钟，两只箱子就装上了她的卡车，还用很粗的带子固定好了。阿曼达给每个助手一张十元的钞票，把那张一百美元的纸币卷成了一个小圆筒，给了尼尔。在发工资以前，她的银行账户已经归零了。

她在回埃尔克图斯的路上，小心翼翼地开着卡车，车速很慢。清晨，路上的鹿很碍事，因为天太暗，不能关掉车前灯，但是又没有暗到能让这些灯发挥作用。

她开进她自己的私人车道时，只能看见两头牛，但是在小溪那边，牛群正在会合，准备进攻。她拉了一下轻型货车上放在靠上的那只箱子，可是挪不动它。那头姜黄色的牛站在远处的河岸上，转动着它的脑袋，活动身子，似乎在做瑜伽。阿曼达不再使劲地拉箱子了，她跑进她的单人活动房，打了一个两年前很熟悉的老电话，当时，她还在与克里尔·兹门德津斯基拍拖。

"搬箱子？阿曼达，现在是六点零四分，我还没起床。我还没醒。我没有喝任何咖啡。我还没穿衣服——你有两条什么？这事儿我倒得去看看。我这就出发。泡杯咖啡。"

在怀俄明刺骨的清晨，两只箱子并排放着。阿曼达用起钉钳，克里尔用羊角锤，从这些箱子角上拔掉了最后的几颗钉子，并拉出了又长又重的帆布袋。他们把袋子拖到狗耳朵溪边上。那头姜黄色的奶牛、它的牛犊，还有黑色的属下，排成了方阵，走入了小溪。

"把你的袋子打开。"阿曼达紧张地低声说。两只长长的鼻子几乎同时出现在帆布袋子里。这时，几千年以来首次在怀俄明的水里游泳的那些短吻鳄，钻入了小溪，朝那头姜黄色的牛游去，细浪呈 V 字形从它们全副武装的身旁散开。

"嘿，瞧瞧这。"克里尔说。

从佛罗里达到此的长途旅行让这些爬行动物的胃口大开。尽管那头姜黄色的奶牛以前从未见过短吻鳄，但是一见到这两条鳄并闻到它们的气味，就唤醒了某种遗传下来的深深的恐惧。这些可不是雨伞！

它转过身朝家里游去，然后跑上河岸，就像机车一样冲过了鱼钩公司的栅栏。

"揍它，大姐！"阿曼达尖叫道。

"天哪，"克里尔说，几乎再次爱上了她，"这次被你叫醒，倒是值得的。不过，河水要是涨上来了，该怎么办？把它们挪到你的活动房里去？"

她大笑起来。"这些是*租来的*短吻鳄。九月份，它们就会回到佛罗里达去。我认识一个卡车司机，他会来把它们抓走的。准备好喝咖啡了吗？"

BAD DIRT
WYOMING STORIES 2